Gertrud Löhr – von der Gathen

Zu Gast bei Herrn Pütthoff

Geschichten aus dem Urlaub

Bibliografische Information der Deutschen Nationalbibliothek: Die Deutsche Nationalbibliothek verzeichnet diese Publikation in der Deutschen Nationalbibliografie; detaillierte bibliografische Daten sind im Internet über www.dnb.de abrufbar.

© 2014 Gertrud Löhr – von der Gathen

Herstellung und Verlag:
BoD – Books on Demand, Norderstedt

ISBN 9783738606478

Inhalt

Vorwort 7

Auf ins Abenteuer 9

Urlaubsnachbarn 14

Schatzi, kauf' mir eine Finca! 17

Kasbah-Nostalgie 20

Brötchen kaufen 24

Die kanarische Ampel 26

Blumenkäse 30

Sie wünschen, bitte? 32

Reisetoaster 35

Warten auf den Abflug 38

Taxi-Rauswurf 42

Sonder-Transfer 46

Der Hausmeister kommt 48

Wechselstrom 52

Schatten für den Billardtisch 54

Morgenstund 59

Schwimmflossen 61

Spanische Nachbarn 63

Kanarische Kartöffelchen 68

„Sch... Neckermann" 72

Hibbel kommt 77

Schampus vom Franzosen 80

Der Fahrer kann's nicht glauben 82

Ein Herz für Tauben 85

Im Garten nebenan.. 86

Schießer-Feinripp 88

Studiengang am Strand.. 90

Kinder-Disco 99

Die Briefkastentür.. 103

Kuli-Grüße... 108

Der Clown 110

Die Gartenbobos 115

Spanische Sprinkler... 119

Rubbellose am Frühstückstisch 124

Kanarische Fischplatte 132

Dunas Maspalomas... 136

Unwetter.. 140

Lauf der Sonne 143

Katzenbesuch 146

Die Moselaner... 148

Abschied 150

Nachtrag 152

Über die Autorin 152

Vorwort

Rotraud und Günther sind seit vielen Jahren verheiratet. Ihr Zuhause ist die Ruhrgebietsstadt mit dem nach Wanne-Eickel am meisten belächelten Bindestrichnamen Castrop-Rauxel.

Sie reisen beide sehr gern und sind ein eingespieltes Team. In all den Jahren und bei den gemeinsamen Unternehmungen haben sie schon so einiges erlebt.

Immer wieder zieht es sie in den sonnigen Süden, zuletzt öfter in das Urlaubsidyll Playa del Ingles auf Gran Canaria.

Günther arbeitet zuhause als Redakteur bei einem Radiosender. Rotraud kümmert sich beruflich um die kleinen und großen Sorgen von Kindern und Jugendlichen. Sie ist als Kinder- und Jugendpsychotherapeutin in einer Fachklinik im Ruhrpott tätig.

Von ihren so unterschiedlichen beruflichen Tätigkeiten erholen sie sich und finden Ablenkung auf ihren Reisen.

Rotraud kocht sehr gern. Beide verbindet eins: Gutes Essen!

Auf ins Abenteuer

Vier Stunden sind vorüber. Ich muss einfach mal meine Beine in eine andere Lage bringen. Seit ungefähr drei Stunden fünfzig Minuten liegt der dicke Mensch in Muskelshirt und mit Oberarm-Tatoo halb auf meinem Schoß. So lange hocke ich auf Sitz 19 D der B 737 – 800 von Air Sun, Gangplatz auf der rechten Seite, auf dem Weg in den hoffentlich sonnigen Süden.

Warum kann man die Rückenlehnen der Sitze nicht arretieren, damit alle Menschen meinem Wunsch entsprechend bei Flügen unter, nun sagen wir einmal, fünf Stunden in aufrechter Sitzposition verbringen?

Warum muss ich immer so lieb und rücksichtvoll sein und aufrecht sitzen? Warum müssen die Menschen vor mir sich aber grundsätzlich auf meinen Schoß, beziehungsweise meine Beine, legen.

Dazu muss man wissen, dass der liebe Gott mich mit einem ausgesprochen langen Fahrgestell, und darauf bin ich eigentlich stolz, ausgestattet hat. Aber für Flugreisen in Chartermaschinen ist genau dieses eher nicht besonders gut geeignet.

Ebenfalls am Gang, nur gegenüber – da wäre jetzt wahrscheinlich wohl niemand drauf gekommen – sitzt meine bessere Hälfte.

Neben ihm ein blondes „Teilchen". Die Dame hatte ich bereits beim Einchecken zur Kenntnis genommen, sie macht einen sehr aufgeregten Eindruck.

Mir ist aufgefallen, dass bei Urlaubsflügen und „auf Crange", einem großen Volksfest im Ruhrgebiet, viele Menschen auf ein ganz spezielles Outfit stolz sind.

Und jene blonde Dame, oder wie ich sie so gerne tituliere, das blonde Teilchen, trägt genau ein ebensolches. Das kleine Jeans-Jäckchen, mit Strasssteinchen besetzt, ist gut im Fach für das Handgepäck verstaut. Das weiße Sonnentop mit güldener, ich meine natürlich goldener Stickerei, dazu etwa siebenunddreißig güldenen Ringe, riesige Ohrgehänge und passende Ketten - das alles kontrastiert einfach umwerfend zu der wundervollen Bräune vom „Asi-Toaster". Sie hat heute Morgen, besser gesagt, heute Nacht, ordentlich in den Farbtopf gegriffen.

Mit ihren schwarz getuschten Wimpern klimpert sie meinen lieben Mann immer wieder allerliebst an.

Obwohl ich zugeben muss, dass sie die Äuglein die meiste Zeit geschlossen hat. Sie verbringt die Zeit liegend. Mit der Lehne auf dem Schoß des Hintermanns.

Die güldenen Pantöffelchen, andere Leute würden sie hochhackige Sandalen nennen, hat sie von ihren - nackten - Füßchen gestreift.

Ich alte Memme dagegen, nix da Sonnentop! Braves T-Shirt und darüber Strickjacke! Und die Füße nicht in Twistpantoffeln, sondern Turnschuhen! Mit Socken!

Aber da auch ich mir für den Urlaubsflug etwas gönne, sind die Turnschuhe hinten offen. Es geht ja immerhin im November in den warmen Süden, und zwar ins Urlaubsparadies Gran Canaria. Zumindest für uns ist es das: Ein Paradies! Und da fliegen wir nun hin.

Um sechs Uhr heute Morgen ist unser Flieger in Dortmund gestartet. Was einerseits heißt, dass wir diesen Tag in unserem ganz persönlichen Garten Eden schon ab mittags vor Ort richtig nutzen können; anderseits aber auch, dass wir nun schon ein Weilchen unterwegs sind.

Nachts um zwei hat mein Wecker geklingelt. Nach „reichlich" Schlaf - ich bin natürlich trotz aller guten Vorsätze nicht vor elf ins Bett gekommen.

Auch ich möchte mich für eine Reise schön machen. Und so etwas dauert nun mal. Also das volle Styling-Programm – Haare waschen, dezentes Make-up (was allerdings nichts heißt, denn ungeschminkt gehe ich noch nicht einmal zur Mülltonne).

Und dennoch sieht mich später aus dem Spiegel der Flughafentoilette – fünf Minuten vor dem Boarding - ein immer noch ziemlich müdes Etwas mit hängenden Haaren und Augenringen an.

„Flughafentoilette", ein Stichwort für meine Blase. Es ist nicht schlecht, gleich – gut vier Stunden nach dem Start in Deutschland – wieder festen Boden unter den Füßen zu haben. Im Gegensatz zu fünfundneunzig Prozent aller Flugreisenden mag ich keine Flugzeugtoiletten, verkneife mir den Gang zu derselben und starte lieber gleich nach der Landung auf dem Weg Richtung Kofferband zum nächsten „irdischen" WC.

Als Mädchen muss man da besonders schnell sein, weil sich vor allem vor den Damentoiletten schnell Riesenschlangen bilden – bei den Herren geht`s immer deutlich schneller, weil die können's ja im Stehen! Komisch: obwohl die lieben Mitreisenden nach meinem Empfinden während des Fluges mindestens dreimal das fliegende Örtchen aufgesucht haben, steuern sie auch auf Erden immer als erstes die Toilette an.

Der Flug war angenehm. Störend nur, dass der stieselige ältere Herr an meiner rechten Seite, dem allgemeinen Trend folgend, dreimal zur Toilette musste. Und selbstverständlich auch seine Holde. Das heißt: Jedes Mal ranzte er mich nicht gerade freundlich an: „Ich muss mal da raus." Seine Holde musste natürlich auch raus, als die Anschnallzeichen wegen leichter Turbulenzen – oder allzu schwerem Pinkel-Tourismus – aufleuchteten.

Aber noch sind wir auf 10.000 Metern. Ein Knacken im Flugzeuglautsprecher reißt mich aus meinen Gedanken, und ich lausche der Stimme des Kapitäns:

„Meine sehr verehrten Damen und Herren, wir verlassen jetzt unsere Reiseflughöhe und werden in etwa 30 Minuten den Flughafen von Gran Canaria erreichen. Das Wetter auf der Insel: 22 Grad und leicht bewölkt. Ich wünsche Ihnen einen angenehmen Aufenthalt und einen erholsamen Urlaub. Ich hoffe, Sie bald wieder bei uns an Bord begrüßen zu dürfen."

„Bald wieder"? Scherzkeks! Was denkt der sich? Ich will drei Wochen bleiben – und nicht so bald wieder an Bord! Will drei gaaaanz lange Wochen mit meinem Schatz auf Gran Canaria bleiben!

Doch noch sind wir erst einmal auf der Anreise! Ich spüre den Sinkflug, verstaue Reiselektüre und Headset im Rucksack, denn neben den anspruchsvollen „Tina" und „Bella" habe ich mir natürlich auch den mindestens ebenso ambitionierten Spielfilm „Stadtgespräch" angesehen. Dabei ging die Zeit auch wunderbar schnell um.

Aber ansonsten war es ein angenehmer, ruhiger Flug. Abgesehen von dem ruhestörenden Lärm auf der anderen Seite des Ganges, wo meine bessere Hälfte saß. Und Schatzi schaffte es, einerseits aufgrund des fehlenden Nachtschlafes, andererseits, weil er immer einschläft, wenn er sich – von gemütlich kann man in diesem Fall aber wirklich nicht reden – zurücklehnt. Und dann geht es los: Er sägt, dass man glaubt, es gehe großen Teilen des Regenwaldes an den Kragen.

Also habe ich viel Flugzeit auch damit verbracht, ihn quer über den Gang anzustupsen und „pssst" zu machen.

Erneut knackt es im Lautsprecher, und die Stimme des offensichtlich eher schwulen Pursers ertönt: „Meine sehr geehrten Damen und Herren, wir landen in wenigen Minuten in Las Palmas. Wir bitten Sie, jetzt auf Ihre Sitze zurückzukehren, Ihre Rückenlehne in eine senkrechte

Position zu bringen und die Tischchen vor Ihnen hochzuklappen. Wir hoffen, Sie hatten einen angenehmen Flug. Im Namen des gesamten Kabinenpersonals verabschiede ich mich jetzt von Ihnen, wünsche Ihnen einen guten Aufenthalt und hoffe, Sie bald wieder an Bord begrüßen zu dürfen."

Spinnen die alle in dieser Maschine? Fängt der auch noch an, uns bald wiedersehen zu wollen. So bald will ich weder Airline noch Crew wiedersehen.

Ich versuche an meinem unfreundlichen Nachbarn und seiner Holden vorbei zu blicken, was mir nicht ganz gelingt. Fliegen wir den großen Bogen und machen am Faro von Maspalomas, dem markanten Leuchtturm auf der Südspitze, die scharfe Rechtskurve Richtung Norden?

Könnte Schatzi, wenn er eingeklemmt am Fenster säße, vielleicht die Dünen sehen? Ich kann Wölkchen erkennen und Wasser, Wasser, Wasser…

Und da sehe ich sie, die Militärhangars, und ich weiß, ich bin angekommen in Gando, dem Luftbahnhof von Las Palmas. Ich bin angekommen in meinem Urlaubsparadies.

Wenig später trete ich, an dem „einen schönen Urlaub" wünschenden Kabinenpersonal vorbei, auf die Flugzeugtreppe. Eine wunderbare Brise schlägt mir entgegen, dass es mir fast den Atem raubt. Diese unvergleichlich warme, meersalzfeuchte, kerosingeschwängerte Kanarenluft!

Stolz und glücklich drehe ich mich zu Schatzi um: „Wir sind da!" Der aber, meine Gefühlswallungen nicht würdigend, ranzt mich nur an: „Nu, geh schon, Du hältst den ganzen Verkehr auf!"

Erst jetzt entdecke ich die genervte, wartende Menschenmenge hinter mir. So steuere ich dann gut gelaunt den wartenden Flughafenbus an und begebe mich wenig später Richtung Kofferband. Natürlich nicht, ohne das erste weiß Gott nicht stille Örtchen anzusteuern.

Urlaubsnachbarn

Es ist so wunderschön hier. Ich genieße jeden Tag, jede Minute, sauge das Glück eines jeden Moments auf, es ist einfach eine tolle Zeit, die ich mal wieder mit Schatzi hier verbringen darf. Ja, ich könnte mir vorstellen, immer, oder zumindest die meiste Zeit, hier zu leben. Hauptsache, Schatzi ist bei mir.

Da scheinbar nicht nur ich so empfinde – Quatsch, nicht alle Menschen möchten mit meinem Schatzi hier leben - gibt es an allen Ecken Immobilienmakler, die Häuser, Casas, Appartements und Fincas zu verhökern versuchen. So stehen auch wir häufiger mit plattgedrückten Nasen staunend vor den Aushängen mit den Angeboten.

„Schatzi, guck mal, das ist doch ein Bungalow im Happy Club. Mensch, die wollen 300 000 Euro haben. Aber immer in einer Ferienanlage wohnen? Jede oder fast jede Woche neue Nachbarn, und du weißt nie, wer da kommt? Nee, dätt wär`s nicht."

Da kann Schatzi mir nur zustimmen. So finden wir immer wieder Angebote von Ferienanlagen, die uns bekannt sind. Macht richtig Spaß!

Die erste, in der wir vor Jahren urlaubten, hatte ihren besonderen Charme. Wir hatten über Silvester in einem niegelnagelneuen Komplex ein Zimmer „mit Balkon bzw. Terrasse" gebucht.

Unser Zimmer verfügte auch tatsächlich über einen Balkon – und was für einen. Ein Stuhl passte durchaus auf dieses Bauwerk – auch als französischer Balkon bekannt – auf welchem man sich lediglich zeitweise mit eingezogenem Bauch in die Sonne stellen konnte.

Falls wir uns allerdings abwechselnd nach draußen stellten, hätten wir es schon ganz schön komfortabel.

Und dann dieser Ausblick! Direkt vor unserem Fenster eine viel befahrene Autostraße. Herrschaften, das hatte doch was!

Aber nicht für uns. Also schnappten wir unsere Koffer, und auf ging's zurück zur Rezeption. Her mit dem Beschwerdebuch!

Die freundliche Dame erkannte das Problem umgehend und bot uns – vermutlich, um Schlimmeres zu verhindern – ein anderes Zimmer an.

Also Koffer wieder geschnappt und auf zum nächsten Versuch. Ja, dieser Balkon entsprach unseren Vorstellungen.

Etwa vier Meter breit, fünf Meter tief und Blick auf den Pool! Nun gut, das Mäuerchen zum Nachbarn war vielleicht fünfzig Zentimeter hoch. Aber fürs Erste waren wir zufrieden.

Zu diesem Zeitpunkt wussten wir noch nicht, dass der Herr Nachbar von morgens bis abends seinen Transistor dudeln lassen würde. Und da bin ich auch wieder bei den Immobilienanzeigen. Nein, solche Nachbarn brauchen wir nicht mal zeitweise.

Da war es im Happy Club doch ganz anders. Weil es uns beim ersten Mal so gut gefallen hatte, haben wir diese traumhafte Anlage im Jahr darauf gleich wieder mit unserem Besuch beehrt.

Und auch dort widerfuhr uns ein ähnliches Schicksal. Nein, der Balkon war nicht zu klein. Ging auch gar nicht, denn in dieser Bungalowanlage gab es keine Balkone. Wirklich nicht!

Auch die Terrasse war von stattlicher Größe. Aber am dritten Tag zog eine Gang von mehreren jungen Männern – ich hab nichts gegen junge Männer, im Gegenteil – in die Nachbarbehausung.

Und, ja, diese jungen Männer wurden von einem Transistor begleitet - mit von morgens bis abends Chaoten-Lala. Ein nettes Gespräch so von Urlauber zu Urlauber brachte nichts, nur unverständiges Staunen. Wir konnten doch eigentlich froh sein, kostenfrei beschallt zu werden.

Dann auf zur Rezeption – wieder her mit dem Beschwerdebuch! Auch hier fürchtete die Dame an der Anmeldung offenbar größeren Ärger und bot uns einen Umzug in ein anderes Quartier an.

So zogen wir in den Privatbungalow, der den – so stand es auf dem kleinen Messingschild an der Terrassentür – schon vor uns ausgewanderten Herrn und Frau Doktor Müller aus Duisburg gehörte.

Eine herrliche Zeit in einem wundervollen Haus begann. Ich spielte Frau Hausbesitzerin, fegte rund ums Haus, goss die Blümchen, knipste Verblühtes ab und war einfach nur happy. Im Happy Club auf unserer Insel!

Mit wunden Augen sahen wir gerade jetzt auch Anzeigen bei verschiedenen Maklern von eben dieser Anlage. Hier von Preisen zu reden, wäre einfach kleinkariert, aber jede Woche neue Nachbarn - nein, nichts für uns!

Schatzi, kauf' mir eine Finca!

Bekanntlich sind Männer Sammler und Jäger. Bei Schatzi bleibt das mit dem Jäger dahingestellt. Aber er ist ein Sammler. Und was für einer! Alles, was bedruckt ist, hat es ihm besonders angetan.

In unserem Urlaubsparadies stehen an jeder Straßenecke, vor Lokalen, vor und in Einkaufszentren, meist junge Leute und verteilen Flyer oder andere bedruckte Zettel. Während ich freundlich und bestimmt ablehne, nimmt Schatzi, was er kriegen kann.

So füllt sich in unserem Urlaubszuhause das große Regal innerhalb kürzester Zeit mit unzähligen Druckerzeugnissen der Insel.

Auch wenn es mir schwer fällt, das zuzugeben: manchmal sind auch kostenlose Kanaren-Journale mit sehr wichtigen und interessanten Informationen darunter.

So erfährt man, welche Feste anstehen, und ob und wann die großen Supermärkte geöffnet haben. Man wird aber auch vor Betrügern gewarnt, erfährt, wann Gottesdienste stattfinden oder wo und wann Ärzte zu erreichen sind. Aber Schatzi sammelt alles.

Heute ist es weitgehend verboten, aber noch vor nicht allzu langer Zeit waren zahlreiche Immobilienwerber unterwegs. Sie versuchten mit allen erdenklichen Mitteln ahnungslose Urlauber zu ködern und zu riesigen Appartementanlagen zu locken, um ihnen Time-Sharing-Modelle zu verhökern: Feriendomizile auf Zeit.

Ein Trick dabei war es, unbedarfte Touristen dazu zu bewegen, ein Rubbellos anzunehmen. Und siehe da, es stellte sich stets als Gewinn heraus. Nach überschwänglicher Beglückwünschung wurde der unwissende Gewinner in ein Taxi gesetzt und zur Besichtigung einer Wohnanlage kutschiert. Wer dann blöd genug war, unterschrieb auch noch einen Vertrag.

Nun, so weit ist es mit Schatzi nicht gekommen. Aber als ein besonders langbeiniges blondes Mädel mit ganz süßem niederländischem Akzent ihm ein Rubbellos in die Hand drückte, vergaß mein Göttergatte sich. Fröhlich rubbelte er und ließ sich beglückwünschen.

Aber nicht mit mir! Sofort griff ich ein: „Tickst du noch ganz richtig?" Erstaunt sah Schatzi mich an: „Was du immer hast!" Das blonde Etwas bedachte mich indes mit wenig freundlichen Worten, die ich zum Glück nicht verstand.

Auch in den Supermärkten liegen Prospekte aus – nichts ungewöhnliches, das kennen wir auch von zuhause -, aber auch Broschüren.

So landete ein Heftchen mit den aktuellen Immobilienangeboten einer augenscheinlich seriösen Maklerin bei meiner Urlaubslektüre. Begeistert führte ich mir den Lesestoff zu Gemüte.

Für den Betrachter anschaulich gestaltet war durch entsprechende Symbole sehr schnell die Ausstattung der Objekte erkennbar. Ein abgebildetes Bett mit einer Zahl darüber zeigte, wie viele Schlafplätze es gab. Ein Wasserhahn mit einer Zahl, wie viele Bäder. Ob ein Pool zum Objekt gehörte, war ebenfalls zu erkennen. Aber das Beste: ein Gesicht informierte den Interessenten mit einem Blick über den Zustand der Immobilie:

Zwei lachende Gesichter: perfekter Zustand!
Ein lachendes Gesicht: Guter Zustand!
Mund als gerade Linie: befriedigender Zustand!
Mund mit hängenden Mundwinkeln: renovierungsbedürftig!

Und in eben diesem Heft wurde ich fündig: Bei Ingenio, einem Ort in Flughafennähe. Es war eine kleine Finca mit rustikalem Haus und Höhle, auf einem Riesengrundstück! Im Garten Obst- und Olivenbäume! Wasser-, Strom- und Telefonanschluss vorhanden! Sogar eine Garage gab es! Das Ganze – nach meinem Ermessen – auch noch durchaus erschwinglich. Das Allerbeste daran aber: mit Lippen wie ein Lineal, also in „befriedigendem" Zustand.

Sofort musste ich Schatzi davon überzeugen, mir diese Finca zu kaufen. Wozu hat er eine Kreditkarte? „Bist du dir im Klaren, was man da investieren muss?" Immer diese Ausreden!

Kurzum: es wurde nix aus unserer Finca.

Kasbah-Nostalgie

Anfang der siebziger Jahre war ich das erste Mal auf der wunderschönen Insel Gran Canaria. Damals gingen Schatzi und ich noch getrennte Wege. Wir erkundeten, was auf dem Heiratsmarkt so im Angebot war. Das Ergebnis ist bekannt: Es gab nichts Besseres!

Aber ich komme vom Thema ab. Ich reise als Single mit meiner Familie Richtung Süden. Das heißt, mein Bruder Männe war mit seiner Frau Ursula – beide kamen aus Berlin – schon eine Woche vor uns angekommen. Uns, das waren Schwester Margret und Schwager Klaus-Peter.

Wir drei waren von unserem Heimatort Castrop-Rauxel – das ist kein Quatsch, wir kamen wirklich aus der Ruhrgebietsstadt mit dem unsäglichen Namen – mit dem Auto nach Frankfurt gefahren.

Immerhin war die Reise vom Rhein-Main-Flughafen aus 20 D-Mark günstiger.

Im Duty Free Shop hatte ich mir eine große Dose Bonbons gekauft. Schokolade, gefüllt mit Whiskey. Hmm, lecker!

Und dann ging's im Jumbo-Jet auf ins Abenteuer! Wir waren alle sehr aufgeregt. Was erwartete uns im warmen Süden?

Nun, zunächst waren das – wie bereits erwähnt – Bruder und Schwägerin. Ein Cousin mit seiner Frau war auch schon da. Die Vier, etwas älter als wir und schon reiseerfahrener, warnten uns sofort nach Ankunft vor der weitverbreiteten „kanarischen Krankheit". Einer unangenehmen Durchfallerkrankung. Nein, die wollten wir auf keinem Fall bekommen!

Aber zum Glück kannte die Verwandtschaft geeignete Präventivmaßnahmen. Schnaps! Man muss ausreichend innerlich desinfizieren und ist dann vor dieser bösen Krankheit sicher.

Also auf zur Poolbar und mit Hochprozentigem dem inneren Körper zeigen, wer Herr, beziehungsweise Frau, der Lage war! Das wäre doch gelacht, wenn wir diesem Leiden nicht entgegenwirken könnten!

Wir wohnten damals in einer kleinen, aber sehr schönen Ferienanlage. Die Verwandtschaft hatte den Ostflügel von Haus 23 bis 27 besetzt.

Margret, Klaus-Peter und ich hatten Haus 23. Ohne Verpflegungsleistung.

Am ersten Abend zogen wir gemeinsam los, um uns nach einer geeigneten Lokalität zwecks Nahrungsaufnahme umzusehen. Erst nach geraumer Suche fanden wir ein entsprechendes Etablissement. Ein Menü erschien unserem Gaumen und Geldbeutel angemessen. Das Dolle dabei war, zum Essen für zwei Personen gehörte auch eine Flasche Schaumwein. Da wir mit ungerader Personenzahl anrückten – ich als Single brachte die Planung durcheinander – wurde kurzentschlossen aufgerundet.

Schwägerin und ältere Schwester sowie angeheiratete Cousine erwiesen sich als ziemlich zurückhaltend (vielleicht waren sie aber auch einfach erfahrener als ich). Jedenfalls sprachen sie den Getränken nur sehr gemäßigt zu. Ich dagegen ließ mir den Schaumwein wie köstliche Limo schmecken. Die Herren tranken ohnehin Bierchen.

Auf dem Heimweg zu unserem Urlaubsdomizil verfolgte ich anhand der Bürgersteigplatten, dass ich ohne zu schwanken geradeaus ging.

Das Drehen meines Bettes – in dem ich wenig später lag – hatte mit Sicherheit auch nichts, aber auch gar nichts mit meinem Alkoholkonsum zu tun. Nein, das war sicher auf die ungewohnte Flugreise zurückzuführen!

Oder sollten die Whiskeybonbons im Flieger, der Alkohol an der Poolbar und die eine oder andere Flasche Schaumwein doch eine Rolle spielen? Man weiß es ja auch nicht!

Beim nächtlichen Erwachen jedenfalls war mir gar nicht gut. Ich verspürte das dringende Bedürfnis, das Bad aufzusuchen. Tastend suchte ich an den Wänden des Zimmers die Tür. Warum ich kein Licht machte, kann ich bis heute nicht ergründen. Vielleicht fand ich den Lichtschalter einfach nicht.

Die Tür jedoch entdeckte ich. Aber diskret wie ich bin, und auch damals mit gerade mal 20 Jahren schon war, öffnete ich sie nicht. Der festen Überzeugung, dass sich dahinter das Schlafgemach meiner Schwester und ihres Mannes befand, hielt ich mich vornehm zurück und suchte verzweifelt eine zweite Tür. Nun, zum Glück bin ich nicht im Kleiderschrank gelandet.

Meine Schwester, aufgeweckt durch das Getöse meiner nächtlichen Tastreise, rettete mich schließlich. Sie zeigte mir den erlösenden Weg ins Bad.

Der nächste Morgen, mein erster Urlaubstag, war nicht sehr schön. Der kanarischen Krankheit war ich zwar entkommen, aber mir war hundeelend. Ich hatte einen ausgewachsenen Kater. Schwager Klaus-Peter kümmerte sich rührend um mich. Er brachte mir Tee in den Schatten, den ich den ganzen Tag nicht verließ. Er ermunterte mich, wenigstens ein kleines Stück trockenes Brötchen zu essen. Später brachte er mir noch Brühe.

Auch er suchte den hintersten Winkel der Ferienanlage auf und verbrachte den Tag im Schatten. Margret, meine Schwester mutmaßte: „Das macht er doch mit Absicht! Der ist doch bockig!"

Seltsam, dass die gleichen Lebensmittel, die er mir reichte, auch auf Klaus-Peters Speisekarte standen. Sollte etwa eins seiner Bierchen schlecht gewesen sein? Man weiß es ja nicht!

Es wurde aber doch noch ein sehr schöner Urlaub. Vom Alkohol aber hielt ich mich für den Rest der Ferien fern.

Brötchen kaufen

Seit wir Urlaube ohne Verpflegungsleistung buchen, ist es Schatzis Aufgabe, morgens Brötchen zu erwerben. Das macht er richtig gern und kann das auch gut. Er zieht dann gemächlichen Schrittes los, die Leinentasche in der Hand, und verschwindet in den Weiten der jeweiligen Ferienanlage, und zwar für längere Zeit. Ich habe dann viel Zeit für mich und natürlich den Frühstückstisch.

Und wenn ich dann nach gefühlten drei Stunden ein Schlurfen höre, weiß ich, Schatzi ist wieder da. Dann kommt er des Weges entlang, verwegen die Sonnenbrille auf der Nase, salopp das Polohemd an und dazu die maßgeschneiderten Hosen. Ja, die von mir maßgeschneiderten Hosen. Schatzi ist schon ein toller Hecht. Aber mein knurrender Magen bremst dann meistens meine Begeisterungsausbrüche beim Anblick meiner besseren Hälfte.

Die Mahlzeiten im Urlaub sind das Allerbeste. Wir können uns nicht entscheiden, welche die köstlichste ist. Schon für das Frühstück nehmen wir uns viel Zeit.

Es gibt nur Leckereien. Traditionell nehmen wir von zuhause, vom Metzger unseres Vertrauens, eine Riesendauerwurst mit. Eine, die so richtig nach Knoblauch schmeckt, und nicht nur schmeckt, sondern auch duftet! Und nicht nur vor dem Essen, sondern auch danach. Mit anderen Worten: Wir stinken bestialisch nach Knoblauch!

Wahrscheinlich sind wir inzwischen auf der halben Insel bekannt, und die Insulaner titulieren uns als die „deutschen Knoblauchstinker".

Die Urlaubsbrötchen werden auch nicht wie bei normalen Menschen längs durchgeschnitten, sondern sie bekommen den „Urlaubsschnitt", man könnte auch sagen, sie werden in Scheiben geschnitten.

So können viele kleine Scheiben mit den unterschiedlichen Belägen das Ess-Vergnügen deutlich maximieren.

Die kanarische Ampel

Wohlig räkele ich mich auf meiner Liege. Schatzi kommt soeben von der Rezeption unseres Urlaubsdomizils. Eine lange Woche sind wir jetzt hier. Und allmählich wunderbar erholt. Zwei Bücher habe ich bereits gelesen. Es wird eng. Die restliche Reiselektüre muss ich mir einteilen.

Aber nach einer Woche puren Glücks: morgens ausschlafen, dann auf die Liege, nachmittags ein Bubu (auch als Mittagsschlaf bekannt). Abenteuerlust und Tatendrang erwachen langsam in uns.

Schatzi hat in den vergangenen Tagen eifrig Flyer von sämtlichen Autovermietern in Playa del Inglés gesammelt. Danach stundenlang Wagengröße, Ausstattung und vor allem Preise verglichen. Ja, Schatzi hat die Sache voll im Griff. Er lässt sich nicht übers Ohr hauen, abzocken. Nein, er nicht!

Nach all den Vergleichen ist er dann – wie in den Urlauben zuvor – zu dem Schluss gekommen, dass man den Leihwagen doch am besten gleich hier an der Rezeption mietet. Da ist man einfach auf der sicheren Seite. Mit aller Gewährleistung. Oder falls man mal eine Panne hat. In unserer Anlage gibt es zumindest einen deutschsprachigen Rezeptionisten.

So verkündet mein Schatz nun auch freudestrahlend, dass er für morgen früh, neun Uhr, einen Wagen bestellt hat. Einen Honda Matiz! Keine Ahnung, was das für ein Auto ist!

Am nächsten Morgen – wider unsere Gewohnheit nach einem Kurzfrühstück im Stehen – geht es los. Gut ausgerüstet mit unserer großen Badetasche – vorsichtshalber haben wir selbstverständlich Schwimmzeug dabei – geht es zum Parkplatz.

Suchend lasse ich mein Auge schweifen. Wo ist denn unsere Nobelkarosse? Und ich staune nicht schlecht, als

Schatzi auf einen metallic-blauen Minipuper zugeht. Das kleine Etwas hatte ich doch glatt übersehen. Stolz schaut mich meine bessere Hälfte an. „Das ist er!" Er öffnet die Heckklappe und lässt unsere rote Tasche darin verschwinden. Ich lege unsere stets mitgeführten Sitzlaken über die Schonbezüge unseres Gefährts und lasse mich auf dem Beifahrersitz nieder.

Und dann steigt Schatzi ein. Das heißt, Schatzi möchte einsteigen! Wie gewohnt will er zuerst mit dem rechten Bein ins Auto, um sich dann auf dem Sitz niederzulassen. Er stellt aber fest, dass das aufgrund der räumlichen Enge nicht möglich ist. Also nächster Versuch! Zuerst den Popo auf den Sitz, den Kopf dabei soweit wie möglich eingezogen. Dann eine leicht Drehung nach rechts und gleichzeitig – dabei die Knie ans Kinn – das rechte Bein ins Fahrzeuginnere. Schließlich mit gesammelten Kräften – Knie wiederum am Kinn – das linke Bein ebenfalls ins Auto. Schon nach gefühlten zehn Minuten ist diese Übung gelungen. Mein Schatz sitzt, die Knie am Kinn, am Steuer unserer Luxuslimousine. Vergleichbare Szenen lassen sich sonst nur bei der Mitnahme von Möbeln auf dem Ikea-Parkplatz beobachten.

Beim Starten gibt der Matiz Geräusche von sich, dass mir schon ein wenig mulmig wird. Nach einem kurzen Stopp an der Tankstelle – bei Schatzis Ein- und Aussteigemanöver applaudieren die ersten Schaulustigen und holen die Kinder nach vorn – geht es in die Berge.

Wir erinnern uns daran, wie sich doch im Laufe der Zeit alles verändert hat. Dort, wo heute der Autobahnverkehr rollt, können wir uns noch gut an Männer mit Eseln mitten im Verkehrsgeschehen besinnen. Heute verbieten Verkehrsschilder mit uns fremder Symbolik einigen Verkehrsteilnehmern die Benutzung gestimmter Pisten. So gehört das Bild von Mulis auf der Autobahn auch hier zur Vergangenheit.

Der Weg führt uns zuerst zu einem Örtchen namens Fataga. Dort folgt die Überprüfung, ob der wunderbare, gemauerte Gartengrill in der Seitenstraße an dem Haus mit ganz, ganz viel Folklore noch vorhanden ist – ja, Beruhigung, er ist – und anschließend Überprüfung des Vorhandenseins einer kanarischen Bewässerungsanlage in einem Garten am Ortsrand – ja, die ist auch noch vorhanden. Durch den Garten, der an einem Hang angelegt ist, führen Tonrinnen das Wasser zu Tomatenstauden, Bohnensträuchern und anderem Gemüse. Gespeist wird die Bewässerungsanlage von einer Zisterne. Eine Konstruktion, die mich immer wieder aufs Neue fasziniert. Danach geht es weiter.

Die Straße durch die Berge ist ausgebaut, fast überall gibt es Leitplanken. Das war nicht immer so. Als Urlaubsprofis kennen wir auch diesen Teil der Insel noch anders. Schmale Straßen ohne Leitplanken, so dass einem in Kurven schon mal recht mulmig wurde! Da man das – und vermutlich auch die daraus resultierenden Unfälle – leid war, baute man die Straßen aus und sicherte sie nun eben mit Leidplanken. Kleiner Scherz am Rande!

Gemächlich zuckeln wir mit unserem Mietgefährt über die schmale Piste. Leitplanken gibt es immer noch nicht überall, und ich bin mehr als froh, dass ich nicht fahren muss. Aber Schatzi hat die Sache im Griff. Wir nähern uns einer Baustelle, es riecht nach Teer. Die Männer arbeiten in gleißender Hitze. Sie bauen offensichtlich die Straße aus und ziehen eine Asphaltdecke auf.

Die Fahrt geht im Schneckentempo weiter. Plötzlich kommt einer der Arbeiter auf uns zu. Braungebrannt, nackter Oberkörper, ausgebleichte Baseballkappe, grinst er uns an und bleckt dabei drei braune Stummelzähne. In einer der Zahnlücken hängt lässig ein Glimmstängel, natürlich ohne Filter.

Unser Staunen ist groß. Er hält Schatzi ein Rundholz hin, etwa zwanzig Zentimeter lang, abgegriffen. Eine Art Staffelstab. Aber man erkennt, dass es einmal – zumindest teilweise – rot angestrichen war. Soll das ein Geschenk sein? Hat das eine tiefe symbolische Bedeutung?

Da der Mann uns keine Beachtung mehr schenkt, setzen wir unsere Fahrt fort. Gemächlich fahren wir hinter der Karawane her, vorbei an der schier endlos scheinenden Baustelle und freuen uns, dass wir gerade noch als letzte durchgelassen wurden. Und dann noch das Geschenk! Nach uns sehr lang erscheinender Zeit erreichen wir das Ende der Bauarbeiten.

Dort kommt ein Arbeiter auf unser Auto zu. Er kratzt sich seine dichten schwarzen Locken und fordert uns ebenso unfreundlich wie deutlich auf, nicht nur die Scheibe herunterzukurbeln, sondern auch unser Souvenir, das Holz, herauszurücken. Und da wird es uns klar: Das war eine Baustellenampel auf kanarisch.

Die Fahrt geht weiter über zahlreiche Serpentinen, vorbei an großen Bananenplantagen. Und immer wieder Feigen! In den Bergen überwältigen uns schroffe Felsen, dann üppige Vegetation. Am Wegesrain wunderschöne Blütenpracht! Ich kann mich nicht sattsehen.

„Schatzi, schau doch nur, da wächst Kapuzinerkresse. Und da, boah, das ist doch Morning Glory!" Morning Glory, in der Heimat auch als Prunkwinde bekannt, lieben wir, seit sie uns in Kalifornien – hatte ich schon erwähnt, dass wir Vielreiser sind? – so ins Auge gefallen sind. Wie Teppiche kriechen sie die Böschungen hoch und strecken ihre geöffneten Kelche der Sonne entgegen. Ich habe schon mehrfach versucht, sie im heimischen Garten anzusiedeln. Leider ohne Erfolg. Bei mir wächst nur die gemeine Ackerwinde. Wie gemein aber auch!

Blumenkäse

Unser Ausflug führt uns mittlerweile auf einen Pass, und wir werden mit einer tollen Aussicht weit über die wundervolle Landschaft belohnt. Verzaubert lassen wir den Augenblick auf uns wirken und sprechen mit Goethes Faust: „Verweile doch, du bist so schön!" Nachdem wir unsere Gefühle wieder unter Kontrolle haben, können wir unseren Ausflug fortsetzen und erreichen einige Gebäude und Marktstände.

Eine kleine Rast mit Vertretertätigkeit – sprich: Beine vertreten! – kommt uns jetzt sehr gelegen. Beim Aussteigen greife ich panikartig nach meiner Jacke auf dem Rücksitz. Verdammt kalt ist es hier oben in den Bergen. Schatzi schraubt sich vorsichtig aus unserem fahrbaren Untersatz.

Fröstelnd gehen wir ein paar Schritte. An der nächsten Ecke entdecken wir einen alten Mann mit einem Esel. Er verdient hier mit einer genialen Geschäftsidee sein Geld: Urlauber können sich mit ihm und seinem vierbeinigen Begleiter fotografieren lassen. Stellt sich einem nur die Frage, wie viele Esel anschließend auf den Bildern zu sehen sind. Da lass ich mich doch lieber mit Schatzi ablichten.

An den Marktständen verkaufen ebenso geschäftstüchtige wie schlitzohrige Einheimische – oder sind es vielleicht doch Marokkaner? – neben kanadischen Holzfällerhemden auch landestypische Produkte. Gesalzene Mandeln – mit eben solchen Preisen – Honig und den einzigartigen „Queso de Flor Valsequillo", einen einheimischen Käse. Und alles zu völlig überhöhten Preisen.

Aus unseren deutschsprachigen Journalen wissen wir, dass man diesen wirklich köstlich schmeckenden Käse am besten direkt beim Hersteller in Valsequillo kauft. Oder noch besser im Supermarkt in Las Palmas. Dieser Blumenkäse verdankt seinen Namen und seinen unvergleichlichen

Geschmack einem Artischockenblüten-Ferment, das bei seiner Herstellung verarbeitet wird.

Unser Aufenthalt ist aufgrund der vorherrschenden Temperaturen und des Touristen-Ballyhoos nur sehr kurz.

Also begeben wir uns zurück zu unserem fahrbaren Untersatz und wählen nach kurzer Lagebesprechung eine Piste Richtung Las Palmas.

Sie wünschen, bitte?

Allmählich meldet sich auf unserer Inselrundfahrt der Appetit, ein zuverlässiger und ständiger Begleiter. Es ist an der Zeit, Ausschau nach einer unserem Gaumen genehmen Restauration zu halten. Aber obwohl wir hinter jeder nächsten Ecke wenigstens ein klitzekleines Restaurant vermuten, entdecken wir nicht einmal einen Ort mit Supermarkt. Ein paar Mal wäre ich am liebsten in die nächstbeste Finca marschiert, aber Schatzi hielt mich davon erfolgreich ab.

Aber dann, vor den Toren des Örtchens Vega de San Mateo, entdecken wir es: ein Restaurant. Sauber und einladend sieht es aus. Ocker und weiß gestrichen, mit orientalischen Ornamenten, eine schwarze Holztreppe führt von außen ins Obergeschoß. Vor den schwarzen Sprossenfenstern überall Blumenkästen, üppig mit Geranien bepflanzt. Vor dem Haus Terrakottatöpfe mit Oleander und mir unbekannten Gewächsen. Ein Springbrunnen plätschert. Am Haus groß der Schriftzug

„LA VEGUETILLA",

die Weintraube. Schatzi strahlt mich an: „Roty, das ist doch genau das Richtige für uns." Meine bessere Hälfte steuert zielbewusst unser Fahrzeug auf den unbefestigten Riesenparkplatz vor dem Lokal. Wir erinnern uns, dass unser Autovermieter uns dringend geraten hatte, bei Rast keine Taschen im Kofferraum zu lassen. Also schnappt Schatzi die rote Tasche mit unseren Badesachen – man weiß ja nie, welche Möglichkeiten sich ergeben, und wir marschieren zum Eingang des Restaurants.

Begrüßt werden wir dort von einem sehr vornehm wirkenden Herrn Ober. Er trägt zum strahlend weißen Hemd mit Fliege eine schwarze Hose mit Bügelfalte und um die Taille eine dunkelrote Seidenschärpe.

Verstohlen mustert er uns. Ich schaue Schatzi vorsichtig an. Für unseren Ausflug trägt er heute sein Lieblingspoloshirt, quietschgelb, bollerig weitgeschnitten und daher so bequem. Dazu die von mir maßgeschneiderten kurzen Hosen und als krönenden Abschluss: Adidas-Badeschlappen. Lässig über der Schulter unsere rote Badetasche!

An mir selber herab blickend erkenne ich geblümte Radlerhosen, ein leicht verblasstes rotes Sonnentopp und Gesundheitslatschen. Ein tolles Gespann sind wir!

Der etwas pomadige Ober zieht die rechte Augenbraue leicht nach oben und stellt uns spanisch eine Frage. Wir können nur mit den Schultern zucken. Aber Schatzi, nun wieder Herr der Lage, fragt den Spanier: „Sprechen Sie englisch?" In radebrechendem Englisch werden wir gefragt, was wir wünschen.

Ich muss der Ehrlichkeit halber zugeben, dass sich diese Frage bei unserem Aussehen aufdrängt. Könnte die Antwort doch heißen: „Haben Sie vielleicht noch ein paar Reste?" oder „Dürfen wir in Ihrer Scheune nächtigen?" Da wir aber weder betteln noch im Stroh schlafen wollen, erklären wir dem erstaunten Menschen, dass wir speisen möchten.

Und eins muss man ihm lassen. Er hat sich völlig unter Kontrolle und bittet uns ins Lokal. Was ich dort erlebe, erweckt Gefühle von „Erde, tu dich auf" in mir.

Er hält uns die Tür auf, und wir blicken in ein wunderschönes Restaurant. Die Tische sind vornehm und stilvoll mit weißer Damast-Tischwäsche und feinstem Silber eingedeckt. Batterien von Gläsern warten darauf, zu festlichen Menüs mit passenden Tischweinen gefüllt zu werden.

Eine Reihe der Tische ist besetzt – mit Spaniern im allerbesten Sonntagsstaat. Alle Köpfe drehen sich ruckartig in unsere Richtung. Eine Mutter kann noch knapp verhindern, dass ihre kleine Tochter, die uns mit weit aufgerissenen Augen anstarrt, auch noch mit dem Finger auf uns zeigt.

Ich bin unendlich erleichtert, als wir den Tisch erreichen, den der Ober uns formvollendet zuweist. So schnell wie möglich lasse ich mich auf dem Stuhl nieder, denn nun bleibt dem staunenden Betrachter wenigstens mein Outfit unterhalb der Gürtellinie verborgen.

Die uns gereichte Karte weist nur Gerichte in spanischer Sprache aus. Es gelingt uns aber dennoch, eine köstliche Mandel-Knoblauch-Suppe und spanische Tortilla zu bestellen. Lecker, lecker! Und ich glaube, am meisten erstaunt sind der kanarische Kellner und vermutlich auch die Gäste des Lokals, dass wir mit Messer und Gabel umgehen können. Und dass wir die (keineswegs überhöhte) Zeche anschließend tatsächlich zu begleichen imstande sind!

Reisetoaster

Düsseldorf, Flughafen Lohhausen, wir waren lange nicht mehr hier. Bevorzugen seit einiger Zeit die kleineren Airports in unserer Nähe. Die großen, den Rummel, ihre Dauer-Baustellen – brauchen wir alles nicht. Aber diesmal kam es mit Abflugtag und -zeit besser hin.

Ich hatte Schatzi versprochen, einfach nur artig hinter ihm her zutraben. Und dazu war ich nun bereit.

Unser Flug geht mittags. Also kein nächtliches Aufstehen um zwei oder drei Uhr, sondern zu einer menschlichen Zeit.

Jetzt bin ich froh, eine wichtige Hürde auf dem Weg zu unserer Insel genommen zu haben. Eine Hürde nach der anderen würde ich nehmen. Ganz sportlich, wie eine Hürdenläuferin eben. Und mit mir Schatzi. Den stelle ich mir gerade beim Hürdenlauf vor. Hmm! Er würde Mittel und Wege finden, vielleicht unter den Hürden durchzurollen oder sie einfach platt walzen. Rotraud, bist du hässlich, geh in die Ecke und schäm dich! Und ich werde direkt ein bisschen rot. Dabei hat Schatzi bisher alles so hervorragend gemeistert.

Die Koffer waren bereits gestern Abend in seinem Auto. Ich weiß nicht mehr, was ich eingepackt habe, und natürlich auch nicht, was nicht. Weil ich es schlicht und einfach vergessen habe.

Das mag möglicherweise mit daran liegen, dass unsere Koffer vor lauter Vorfreude schon seit mehreren Wochen im Gästezimmer aufgeklappt auf den Betten lagen. So konnten wir nach Lust und Laune unsere Sachen, die wir so dringend benötigen, bereits einpacken.

Da tauchen dann so wichtige Fragen auf wie: „Müssen wir unseren Reisetoaster mitnehmen?" Und Schatzi, er hat die Sache perfekt im Griff, klärt die Frage. Übers Internet recherchiert er und stellt fest: „Brauchen wir nicht, unsere Anlage hat Toaster. Und ich lese hier gerade, wir haben auch einen Backofen!"

Ungläubiges Erstaunen auf meiner Seite, sollte „Las Naranjas" nach unserem letzten Besuch eine Großrenovierung vorgenommen haben? So schlimm waren wir doch auch wieder nicht. Wir verständigen uns darauf, dass bei einer etwas großzügigen Übersetzung aus Herdplatten – das „Las Naranjas" besaß Ceranfeld mit vier Kochstellen – schon mal ein Backofen wird.

Also unseren Reisetoaster zurück in die Kiste für die wichtigen Urlaubsutensilien. Ohne Toaster am Urlaubsort, nein, das kann Profis wie uns nicht widerfahren! Oder besser gesagt, jetzt nicht mehr passieren. An Kochveranstaltungen, bei denen ich Brot in Pfannen mit gewölbten Böden aufgebacken habe, kann ich mich nur allzu gut erinnern. Diese Pfannen hätten jedem Wok Konkurrenz gemacht.

Und da wir beide ausgesprochene Schmecklecker sind, habe ich mir in der Vergangenheit einiges einfallen lassen, um uns trotzdem zum geliebten Knoblauchbrot oder zu selbstkreierten Sandwich-Spezial zu verhelfen. Mir läuft bei der Erinnerung direkt das Wasser im Munde zusammen.

Aber um auf das Thema Reisetoaster zurückzukommen: nach diesem haben wir uns auf manch einer Reise doch sehr gesehnt.

Ich muss jetzt einfach mal ausschweifen. Denn irgendwann, im tiefen amerikanischen Westen, fanden wir die Lösung. Als Urlaubsprofis hatte es uns erneut auf einen der wunderschönen kalifornischen Campingplätze verschlagen. Ich würde gern von Erlebnissen im Wilden Westen berichten. Aber wir kämen doch zu sehr vom Thema ab.

Also nochmals zurück zum Outdoor-Reisetoaster. Beim Einkauf im Store eines US-Campgrounds entdeckte ich ihn. Meine Begeisterung war kaum zu bremsen. Im Regal der Zubehörabteilung lag er. Unscheinbar. Ich glaubte, meiner Wahrnehmung nicht zu trauen, aber es war keine Erscheinung, nein, US-Reality!

Das, wonach ich so lange gesucht hatte, dort lag es. Ein Reisetoaster! Nein, ein „Folding-Toaster"! Platz sparend und nicht nur für die Reise, sondern auch für den Hausgebrauch gedacht. Bestehend aus einer Metallscheibe, die man auf eine Kochplatte legt. Darüber ein aufklappbares Drahtgestell, auf das man sage und schreibe vier Scheiben Toast stellen kann.

Tiefe Glücksgefühle durchströmten mich. Wo war denn nur Schatzi, damit ich ihm sofort von meiner Entdeckung berichten konnte? Drei Gänge weiter fand ich ihn, in der Dumping-Abteilung. Dazu muss ich erklären was das ist. Um es auf den Punkt zu bringen, das Gegenteil der Reisetoaster-Abteilung. Die Dumpstation kümmert sich beim Camper um das, was vom Essen übrig bleibt, wenn vom Essen nichts mehr auf dem Teller ist – alles klar?

Warten auf den Abflug

Den Koffer haben wir vor etwa einer Stunde aufgegeben. Ohne Reisetoaster, denn den wollten wir – wie erwähnt – nicht mitnehmen. Aber ich fürchte, dass wir einiges, was wir sehr gerne mitgenommen hätten, auch nicht eingepackt haben. Weil wir es schlicht vergessen haben!

Schatzi hat mit dem Mädel vom Bodenpersonal auch, wie es so seine Art ist, wegen schöner Plätze am Gang geschmust. Er hat da so seine ganz besondere Art, beugt sich vor, schlägt einen Flüsterton an, und das Ganze macht einen sehr konspirativen Eindruck – oder wenigstens den, als würde er der Dame ein Angebot machen, das sie kaum hätte ablehnen können.

Also die schönen Plätze am Gang sind uns sicher, die Koffer aufgegeben und kommen hoffentlich zeitgleich mit uns an. Und nun befinden wir uns im Gate 23 und warten darauf, dass unser Flug aufgerufen wird.

Mit uns warten mehr als 150 Urlauber. Schatzi ist auf Sightseeing-Tour, hat mich mit unseren Rucksäcken auf einem Sitzplatz geparkt. Er ist unterwegs, um „Flugzeuge" zu gucken. Tut er jedes Mal, wenn wir eine Flugreise machen, wie ein kleiner Junge. Zwischendurch erstattet er immer wieder Bericht: „Die Air Sun ist eben gelandet, uns kann nichts passieren." Klar, die haben ja auch maximal eine Maschine…. So ist Schatzi halt.

Ich betrachte die mit uns wartenden reiselustigen und sonnenhungrigen Menschen. Da, in der nächsten Reihe, eine nicht mehr ganz taufrische Dame. Die blondierten, dauergewellten Haare antoupiert, wie sie es sicher seit vierzig Jahren macht. Sie trägt ein Kostüm im Stil von Coco Chanel, in zarten Pastelltönen. Dazu ein nicht gerade dezentes Make-up, rasierte Augenbrauen, schwarz nachgemalt. Der Lippenstift ein grelles Rot, dick aufgetragen.

Goldener Schmuck, Halskette in Fünfer-Reihe, Armbänder, dass sie die Arme kaum heben kann, und Ringe, nicht zu zählen. „Ja, ist denn heut' scho' Weihnachten?" Behängt wie ein Weihnachtsbaum ist die Tante jedenfalls.

Sie blättert gelangweilt in ihrer „Vogue". Ich wette, versteckt hat sie darin eine „Bella" oder „Das goldene Blatt". Die kann mir nichts vormachen. Und ganz, wie es sich gehört, neben ihr ein Täschchen von MCC und daraus guckt: Das Püdelchen.

Mit silbernem Fell, frisch vom Hundefriseur. Das Tier ist – ganz offensichtlich – Reisen und Transport im Edeltäschchen gewohnt. Fröhlich hüpft es aus dem Stand annähernd zwei Meter hoch, als Frauchen den Reißverschluss seiner transportablen Behausung öffnet. Mit einem weiteren Senkrechtsprung landet der poussierliche Vierbeiner auf Frauchens Schoss. Liest der jetzt etwa auch die Voguegetarnte Bella?

Aber als die Dame nach einer kurzen Zeit einmal mit der Hand auf die Tasche klopft, macht das liebe Tier einen weiteren Satz und verschwindet offensichtlich ganz zufrieden in deren Untergrund. Also der Vierbeiner kennt das!

Mein Blick geht weiter an den Wartenden vorbei. Ich entdecke drei Herren, alle in roten T-Shirts, darauf der Aufdruck: „Abi 1969". Der eine, groß und schlank, mit etwas lichten Haaren. Um die fehlende Haarpracht zu kaschieren, trägt er die verbliebenen drei bis sieben Haare mit viel Pomade vom Hinterkopf über die Pläte nach vorne gekämmt. Sieht hoch interessant aus.

Zum roten T-Shirt, also farblich sehr gut passend, eine graue Trevirahose, garantiert pflegeleicht. Das schicke Teil, was ihn sicherlich in den Urlauben der letzten, mindestens zwanzig Jahre begleitet hat, wird durch einen sehr auffälligen Gürtel – sehe ich richtig – mit Playboy-Häschen getoppt. Natürlich trägt Walter – ich habe inzwischen mitbekommen, dass er so heißt – zu braunen Socken schwarze Sandalen. An seinem Adidas-Rucksack hängt – man fliegt schließlich in den Süden – ein Sombrero. Das Outfit krönt ein Anorak, der neben Walter auf dem Wartesitz liegt.

Ebenfalls im unvermeidlichen roten T-Shirt gehört auch Hannes – die Herren reden so laut, dass ich die Namen innerhalb kürzester Zeit kenne – zu der Truppe. Hannes reicht Walter ungefähr bis zum Bauchnabel, gleicht die fehlende Körpergröße jedoch locker mit seiner Breite aus. Man merkt gleich, dass Hannes etwas von Kunst versteht – von deutscher Braukunst. Seine Jeans sitzen (oder besser hängen) lässig unter einer Bier-Wampe. Und da das T-Shirt etwas kurz geraten ist, zeigen sich noch etwa fünf Zentimeter Bauch. Sieht irgendwie total sexy aus! Dazu passen die spitzen weißen Lederschuhe, sie peitschen einfach was weg. Über Hannes Haarpracht kann ich keine Aussagen machen, er versteckt sie unter einem weißen Sonnenhütchen mit Mallorca-Silhouette und dem Schriftzug „Bierkönig".

Was mich noch besonders beeindruckt: Hannes trägt einen goldenen Halsschmuck, der wie eine Bürgermeisterkette anmutet. Am rechten Handgelenk eine unübersehbar dicke goldene Armbanduhr. Dagegen am linken – ich glaube, so sehen die Dinger aus – ein Magnet-, beziehungsweise Kupferarmband. Seine rechte Hand ziert ein todschicker goldener Siegelring. Sieht irgendwie aus wie aus 'ner Wundertüte. Nach dieser Beschreibung kann es niemanden mehr wundern, dass der Typ auch im Ohr einen Ring trägt. Und ich bin unter Kontrolle! Der Mann haut mich einfach um!

Dritter im Bunde ist Eberhard. Völlig unspektakulär. Trägt zur schlammfarbenen Cargo-Hose Anthrazit-Trekkingsandalen. Erst bei genauerer Betrachtung entdeckt man unter dem farblich abgestimmten Leinenblazer das rote Club-T-Shirt. Beim besten Willen kann ich bei ihm keinen Goldschmuck entdecken, nur bei genauerer Betrachtung einen schlichten, vermutlich Weißgoldehering.

Seine unauffällige – abgestimmt auf seine Kombi – Baseballkappe hängt an einem Jack Wolfskin-Rucksack. Im Seitenfach eine Zeitung, und ich erkenne „Die Zeit". Seine silbergrauen Haare sind frisch geföhnt, von hervorragendem Schnitt und mit Haar-Gel zusätzlich in Form gebracht. Von Eberhard hört man nur sehr wenig. Er scheint nicht so aufgeregt wie seine „Kollegen" und ist folglich nicht so laut. Ihm traue ich „Abi 1969" am ehesten zu. Es ist zu mutmaßen, dass die drei Urlaub von ihren „Muttis" machen möchten.

Aufgeschreckt aus meinen Studien nehme ich Schatzi wahr. Er hat seine Beobachtungen des Flugfelds beendet. Schon ertönt die Stimme aus dem Lautsprecher, wir dürfen an Bord. Ich schnappe mir meinen Uralt-Prototyp-Rucksack von Eurowings, versteckt darin Bella und Tina, und mein Herz macht fast einen Kusselköpper vor Freude. Es geht auf zu neuen Taten.

Taxi-Rauswurf

Anders als von Hause aus gewohnt - einheitlich cremeweiß und mit schwarz-gelbem Dachschild-, sind die Taxen auf Gran Canaria unterschiedlich. Die neueren Fahrzeuge weiß mit rotem Dach. Aber auch schwarz-weiß-rote älteren Baujahrs fahren durch die Straßen. Unermüdlich unterwegs, beförderungswillige Touristen am Wegesrand einzusammeln oder wartend an den eigens eingerichteten Taxiständen vor größeren Hotels, Supermärkten und anderen Knotenpunkten.

Im Urlaub kommt es häufiger vor, dass wir auf diese im Süden oft sehr günstige Beförderungsmöglichkeit zurückgreifen.

Unweit unserer Ferienanlage, an der Avenida Touroperador Neckerman, vor der großen Scheibchenhaus-Ferienanlage Dunaflor, befindet sich so ein Taxistand. Gesehen habe ich dort ein wartendes Taxi allerdings höchst selten.

In einem der vergangenen Urlaube wollten mein lieber Mann und ich in Playa del Ingles essen gehen. Nach einem wunderschönen Tag in unserem Urlaubszuhause – wir hatten die meiste Zeit lesend auf der Liege verbracht und am Nachmittag herrlich erfrischende Runden im Pool gedreht – waren wir abends voll Unternehmenslust. So richtig aufgehübscht hatten wir uns. Frisch rasiert und frisch geföhnt, den Gammellook gegen zivile Kleidung getauscht, machten wir uns auf den Weg.

Schatzi war leicht gehandicapt, er hatte sich einige Tage zuvor den Fuß vertreten. In der nahe gelegenen Klinik unter Palmen hatte man den Fuß bandagiert. Sogar eine Gehhilfe hatte man ihm zur Verfügung gestellt.

Voller Tatendrang machten wir uns auf den Weg und hielten Ausschau nach einem Taxi. Erfreut entdeckten wir ein Fahrzeug mit grünem Licht auf dem Dach – es war also frei. Auf unser Zeichen blieb es auch sogleich stehen. Freudig stiegen wir – Schatzi etwas mühsam mit seinem lädierten Fuß – in das Gefährt ein. Und los ging's!

Aber nach nur wenigen Metern klang übelstes Gebrüll aus dem Funk. Nun, wir waren nicht das erste Mal auf der Insel, wir wissen, wie es sich anhört, wenn Spanier miteinander reden.

So staunten wir nicht schlecht, als unser Taxifahrer nach nur wenigen Metern hielt. Er gab uns freundlich, aber deutlich zu verstehen, wieder auszusteigen. Er zeigte auf den Taxistand am Dunaflor, der etwa 50 Meter weiter an der Straße lag. Ein dort wartender Kollege hatte auf seinem Recht bestanden.

Nicht nur auf Gran Canaria lassen wir uns gelegentlich mit Droschken befördern. Zuhause in Deutschland kommt es allerdings so gut wie nie vor. Aber in Urlaubsländern – hatte ich eigentlich schon erwähnt, dass wir Vielreisende sind? – bewegen wir uns manchmal mit Chauffeur fort.

Zu den von uns bevorzugten Urlaubszielen gehört auch die wunderschöne griechische Insel Kreta. Traumhafte Urlaube haben wir an deren sandiger Nordküste verbracht.

Abends vom Luxushotel – zu den damaligen Zeiten noch in edler Garderobe – mit dem Bus ins sieben Kilometer nahe gelegene venezianische Hafenstädtchen Rethymnon, und nach Bummel durch die Altstadt und Drink in einem der Hafenlokale ging's mit dem Taxi zurück.

Und in einem dieser Urlaube – diesmal nicht im Luxushotel residierend, sondern in einer einfachen, aber sehr schönen Apartmentanlage – hatten wir keine Halbpension gebucht. Das gab uns die wunderbare Freiheit, die verschiedenen Lokale mit ihren Köstlichkeiten in der Umgebung zu erkunden. Die Speisen in einem Restaurant waren leckerer als im anderen. Mir läuft jetzt noch das Wasser im Munde zusammen.

So kam es, dass wir in diesem Urlaub häufig abends unterwegs waren und uns mit dem Taxi nach Hause fahren ließen, da zu vorgerückter Stunde keine Busse mehr fuhren. Außerdem müssen Taxifahrer auch leben. Aber dabei machten wir ganz besondere Erfahrungen.

Eines Abends – wir hatten in einer Seitenstraße in Rethymnon ganz besonders köstlich diniert – gelang es uns erst nach geraumer Zeit, ein Fahrzeug anzuhalten. Nach nur kurzer Fahrt hielt der Fahrer an, um eine ältere Frau einsteigen zu lassen. Nun, uns war es in diesem Moment egal, sollte Mutter, Schwiegermutter oder wer auch immer mitfahren. Wir sahen das nicht so eng.

Einige Tage später – wir hatten soeben abermals den Rückweg zu unserer Unterkunft in einer Droschke angetreten – stieg ein älterer Herr, ebenfalls Grieche nach nur kurzer Fahrt zu uns ins Auto. Da er eine Zigarette im Mundwinkel hatte und das Auto trotz geöffneter Scheiben schnell zugeräuchert war, schauten Schatzi und ich uns nicht gerade begeistert an. Verstohlen stellten wir uns die Frage: „Was soll das?", hielten uns dem Fahrer gegenüber aber zurück.

Wenige Tage später – wir hatten besonders lange auf ein freies Taxi gewartet – machten wir eine völlig neue Erfahrung.

Nach kurzer Fahrt stoppte unser Fahrer, als ein offensichtliches Touristenpaar ihm vom Gehweg zuwinkte. Ein nicht gerade sympathischer, korpulenter Typ, über und über mit Goldkettchen und Siegelringen behängt und seine ebenfalls keineswegs schlanke, aber billig aufgetakelte Begleiterin klemmten sich zu uns ins Auto.

Da wurden Schatzi und ich dann aber doch böse. Mein lieber Mann machte seinen Unmut kund: „No!"

Aber kaum hatte er das ausgesprochen, stieg der Taxifahrer aus, riss die Fronttür auf und setzte uns kurz und trocken an die Luft. Er fuhr ohne uns, aber mit den unsympathischen Leuten, davon.

Seit dieser Zeit halten wir in griechischen Taxen, egal wie besetzt, schlicht und einfach die Klappe.

Sonder-Transfer

Bei einer unserer Reisen nach Gran Canaria buchten wir nicht Flug und Unterkunft bei einem Reiseveranstalter, sondern beides getrennt. Durch diesen Umstand erwartete uns keine junge Dame in weißer Bluse, blauem Rock, rotem Halstuch und TUI-Schild in der Hand am Flughafen Gando.

Nein, wir waren selbst für unseren Transfer zum Süden der Insel ins Touristenparadies verantwortlich. Busse fahren regelmäßig und preisgünstig die Strecke. Aber mein lieber Mann und ich haben neben nicht eben leichten Koffern auch Handgepäck dabei. Rucksack-Touristen schwingen sich vielleicht in den nächsten öffentlichen Bus. Wir aber hatten beschlossen, uns ein Taxi zu leisten. Von seinen bereits zuhause getätigten Recherchen wusste Schatzi, dass das Taxi bis Maspalomas vierzig Euro kostet. Diesen Betrag hatten wir bei der Planung unseres Budgets zu den allgemeinen Reisekosten addiert.

In der Ankunftshalle des Flughafens hielten wir nach dem Dispatcher – dem Zu- und Einweiser für die Taxen – Ausschau. Schon kam ein freundlicher Mann im weißen Hemd und blauer Hose – nein, ohne rotes Halstuch – auf uns zu und fragte: „Taxi?" „Ja", konnten wir nur bestätigen.

Wir schnappten Koffer samt Handgepäck und folgten dem Mann. Hm, es war schon seltsam, dass er nicht links abbog, wo sonst immer die Droschken standen. Es ging zügigen Schrittes nach rechts. Schatzi und ich konnten ihm kaum folgen. Hechelnd und schnaubend trabten wir hinter ihm her.

Nach einer Kurve erreichten wir unser „Taxi", eine petrolfarbene ganz besondere Ausführung. Vielleicht ein Taxi light für den Flughafentransfer? Schatzi und ich sahen uns verblüfft an. Aber ehe wir mit den Koffern zur Ankunftshalle zurück gezogen wären, ließen wir unser Gepäck verstauen und setzten uns ins „Taxi". Dabei stellten wir fest, was uns jetzt aber nicht mehr wunderte, dass es auch kein Taxometer gab.

Bei der Fahrt in den Süden gingen mir wilde Gedanken durch den Kopf. Hoffentlich biegt der „Taxifahrer" gleich nicht vom Weg ab, fährt uns ins Hinterland und raubt uns aus. Wir: ausgeplündert, hilf- und mittellos in den Bergen ausgesetzt…Oje!

Aber noch kannte ich den Weg von zahlreichen Busfahrten und Touren mit dem Leihwagen. Zu unserer Erleichterung brachte uns der Mann ohne Umwege zum Las Naranjas. Für die Taxifahrt zahlten wir statt der üblichen vierzig lediglich dreißig Euro.

Für die Zukunft haben wir jedoch beschlossen, aus der Flughafenhalle nicht mehr nach rechts zu gehen, sondern konsequent nach links zum Dispatcher. Lieber zahlen wir zehn Euro mehr.

Der Hausmeister kommt

Unsere Ferienanlage ist in die Jahre gekommen. Unseres Wissens entstand sie 1984. Damals hat man noch großzügig gebaut, mit weitem Abstand zum Nachbarn, und genau deshalb lieben wir unser Urlaubsparadies so.

Ganz anders sehen heute die Ferienanlagen aus. Immer wenn wir den steilen Berg von Campo International nach Playa del Ingles erklimmen – zuerst den Park am Fuße des Berges bewundern und schließlich mit dem tollen Blick über die Dünen, zum Faro, über den Golfplatz, bis zu den Prachtbauten am Strand von Meloneras belohnt werden –, erkennen wir die Veränderung überdeutlich.

Besonders krass: direkt unterhalb des Berges liegen die viel jüngeren Anlagen namens „Duna Flor" und „Vista Flor" mit ihren Scheibchenhäusern. Ja, Scheibchenhäuser, anders kann man sie nicht nennen. Die Möbel mögen neuer, die Gardinen nicht so schaurig großgeblümt sein. Aber – und das versichern Schatzi und ich uns immer wieder – hier möchten wir nicht wohnen. Eng gequetscht, mit Terrassen und Balkonen, auf denen sich noch nicht einmal Liegen befinden – wie sollen sie auch bei der Größe! Eigentlich muss man hier eher von „Kleine" statt „Größe" sprechen. Unzählige Häuserreihen, gruppiert um einen Pool, Liege an Liege. Und abends so viel Hully-Gully, dass man das Animationsprogramm bei ungünstigem Wind bis zu uns hört.

Dagegen bei uns: Eine wunderbare hauseigene Terrasse, etwa zwanzig Quadratmeter groß und überdacht, davor eine herrliche private Liegewiese, ausgerüstet mit drei bis vier Sonnenliegen. Dazu – und das ist keineswegs die Norm – eine ausreichende Anzahl an blauweißgestreiften Auflagen. Quatsch, nicht der blaue Streifen unterscheidet sich von der Norm, sondern die Tatsache, dass es Auflagen für die Liegen gibt.

So wandern wir mit unseren Liegen unter dem prächtigen Flamboyán-Baum, der auf der Wiese steht, wie es uns genehm ist. Mal liegen wir in der Sonne, dann ziehen wir in den Halbschatten oder, wenn es zu warm wird, auch gerne in den Schatten. Die letzten Sonnenstrahlen des Tages fangen wir meist im äußersten Winkel des Grundstücks ein und wandern mit der Liege fast in die Hibiskushecke.

Die Großzügigkeit hat allerdings auch Schattenseiten. Es ist nicht alles topmodern im Haus. Das Bad ist eher funktionell, die Fliesen sind nicht einmal hässlich. Boden und das untere Drittel der Wände lindgrün, der Rest matt weiß gestaltet. Unterbrochen werden die unterschiedlichen Fliesen von Riemchen mit Meeresfrüchten. Okay, da ist das eine oder andere Riemchen schon mal seitenverkehrt verklebt, aber was soll's?

Auch der Standard der sanitären Einrichtung entspricht nicht ganz unserem heimischen. Aber wem das nicht passt, der soll auch besser zuhause bleiben.

So gehört es für uns auch schon dazu, dass das Hausmeistermännchen bei jedem unserer Besuche antreten muss, weil wieder mal die Toilettenspülung streikt.

Die ersten Notfallreparaturen, etwa den Schwimmer wieder gängig zu machen, nehmen wir schon mal selber vor, oder ich komme in den frühen Morgenstunden ins Bad und finde am Spülkasten folgende Information:

> Achtung, Wasserspülung defekt!
> Zum Betätigen der Wasserspülung Zulaufhahn
> neben dem Spülkasten links aufdrehen.
> Nach erfolgreicher Wasserspülung unbedingt
> Zulaufhahn wieder schließen!

Mit dieser Information konnte ich etwas anfangen! Sie stammte von Schatzi. Der ist einfach genial. Aber dennoch führte der Weg meine bessere Hälfte am Morgen zur Rezeption und...

Nein, er ließ sich nicht das Beschwerdebuch zeigen. Er bat, den Hausmeister zur Behebung des Problems zu schicken. So gibt es fast bei jedem Aufenthalt kleinere oder größere Reparaturen, die jedoch stets zügig ausgeführt werden.

Bei diesem Aufenthalt klemmte die Badezimmertür. Um sie zu öffnen oder auch zu schließen, musste man sie nahezu eintreten. Am zweiten Tag klemmte sie, als ich im Bad war, so heftig, dass ich Schatzi rufen musste, damit er mich befreit. Und das gelang ihm nur mit vollem körperlichem Einsatz.

So war es nicht nur physisch eine Herausforderung, weil sehr anstrengend und unangenehm, sondern auch mit erheblichem Lärm verbunden, wenn wir die Tür öffnen oder schließen wollten. Und das wollten wir, da sind wir anspruchsvoll. Unsere armen Nachbarn taten uns direkt leid. Sie standen nachts, wenn einer von uns das in diesem Fall gar nicht so stille Örtchen besuchen wollte, vermutlich senkrecht in ihren Betten.

Also trabte Schatzi zur Rezeption. Und unser Freund, das Hausmeistermännchen, mittlerweile ein guter Bekannter, stattete uns seinen obligatorischen Besuch ab.

Das heißt, er kam und begutachtete zuerst die Baustelle. Unter lautem – natürlich spanischem – Palaver verschwand er wieder. Und tauchte, nach etwa einer Stunde wieder auf. Im Schlepp – und ich schwindele nicht – eine Flex! Für den Nicht-Handwerker: Das ist ein schweres Werkzeug zum Schneiden von Gehwegplatten, Blechen und Ziegeln.

Ich, in meinem dummen Kopf, hatte mit einem Hobel gerechnet. Nicht unser spanischer Handwerker. Als er zur Tat schritt und lautes Getöse aus unserem Bad drang, stellten wir uns mental schon auf den Umzug in einen anderen Bungalow – wegen Unbewohnbarkeit unserer derzeitigen Behausung – ein.

Aber mitnichten! Nach etwa 30 Minuten – gefühlte drei Stunden – verließ der Profi unseren Bungalow wieder. Wir trauten uns nicht ins Bad zu schauen und rechneten damit, dass er noch schwereres Gerät auffahren würde. Er tauchte auch erneut auf, aber man sehe und staune: Mit Handfeger und Kehrschaufel. Die Übung war offenbar gelungen und beendet.

War sie dann auch wirklich. Unsere Toilettentür ließ sich weitestgehend geräuschfrei öffnen und schließen. Unsere spanischen Nachbarn werden Schatzi dankbar gewesen sein. War er es doch, der die Reparatur der Tür veranlasst hatte. Ich frage mich, wie lange die Tür schon klemmte. Und wie viele Feriengäste sich vor uns schon mit ihrem gesamten Körpergewicht gegen sie geworfen hatten. Aber dank Schatzi war damit jetzt Schluss!

Wechselstrom

Das abendliche Maspalomas hat seinen ganz besonderen Reiz. Nach Tagen voll Sonnenschein – es ist so hell, dass man beim Betreten von Räumen zuerst völlig geblendet ist – kommt die Nacht sehr plötzlich. Die allmähliche Dämmerung wie zuhause, gibt es hier nicht. Die Dunkelheit ist plötzlich da – ohne Übergang.

Und dann treten sie in Erscheinung. Überall und ungezählt sind sie zu finden, unserem Erd-Trabanten gleich. Manchmal in das kalte Licht des großen Bruders am Himmelszelt gehüllt, oft aber auch dem der verschwundenen Sonne mit ihrem wärmenden, goldenem Licht nachempfunden.

Auch in unserer Anlage hängen diese künstlichen Vollmonde und tauchen die Wege in sanftes Licht. Einige im kalten Licht ihres himmlischen Bruders, andere im goldenen Licht der abwesenden Schwester. Sie säumen die Wege zwischen den Bungalows, erhellen nachts den Pool.

Überall in Maspalomas sind sie zu finden, manchmal sogar im Quartett, oder sie triangulieren. Ich erzählte Schatzi von meinen Beobachtungen. Zuerst fragte mich meine bessere Hälfte, ob ich irgendetwas genommen hätte!? Und dann erklärte er mir sehr sachlich: „Quatsch, deine Monde hängen nicht über Maspalomas, sondern sind runde Laternen, die ganz normal auf Pfosten stehen. Und die Birnen sind zum Teil schlicht und einfach gegen Energiesparlampen ausgetauscht!"

Bei unseren abendlichen Spaziergängen machte ich dann eine weitere, ganz erstaunliche Beobachtung. Zuerst fiel es mir bei einem Mond nahe am Eingang zu unserer Anlage auf. Just als wir an ihm vorbeigingen, knipste er sein Licht aus. Wir nahmen es nicht persönlich und gingen davon aus, dass die Birne ihren Geist aufgegeben hatte. Da würde das Hausmeistermännchen sie vermutlich austauschen müssen.

Am Ende unseres abendlichen Gangs staunten wir dann aber nicht schlecht. Die Lampe strahlte wieder im alten Glanz. Sollte der gute Geist die Birne während unseres kleinen Verdauungsspaziergangs zur nächtlichen Stunde getauscht haben? Hatte er in seinem Fundus noch eins der alten Exemplare mit ihrem warmen Licht? Noch während ich darüber nachsann, verlöschte eine Lampe am Ende des Weges. Auch Schatzi bemerkte es. Beiläufig schaute ich zurück zum Tor. Sah ich richtig? Auch die Lampe dort war wieder ausgegangen.

Ich blickte in die andere Richtung, und die Lampe am Wegesrand leuchtete wieder hell. Schnell schaute ich zum Tor und stellte fest, auch dort war wieder helles Licht zu sehen. Bei unseren abendlichen Spaziergängen haben wir dieses Phänomen immer wieder und überall beobachtet, und wir waren uns einig: Die haben hier Wechselstrom!

Schatten für den Billardtisch

Unser kleines Urlaubsparadies „Las Naranjas" besitzt in der Mitte einen Pool und ein Planschbecken. Weiße Liegen laden zum Relaxen ein. Umrahmt wird der Badebereich von Palmen und tropischen Sträuchern. Nur durch einen Fußweg getrennt reihen sich 66 Bungalows um Pool und Garten, angeordnet im Viererpack. Zwei davon in der Innenreihe, zwei außen. Alle mit herrlichen Liegewiesen, jede abgetrennt mit einer Hibiskushecke. Zu jedem Bungalow gehört eine große überdachte Terrasse. Damit die Bewohner sich nicht gegenseitig auf den Sitzplatz gucken, werden sie durch die Innenhöfe der Küchen getrennt. Wir genießen diese Superaufteilung immer wieder.

Neben dem erwähnten Pool stehen außerdem – das kennen wir von zahlreichen Besuchen – zwei Billardtische. Aber diesmal war alles anders. Nicht alles, aber zumindest doch vieles. Natürlich war Wasser im Pool, und auch das Kinderplanschbecken war nicht trockengefallen. Auch die weißen Liegen, zum Teil mit Rädern, zum Teil ohne, dafür aber mit Seitenlehnen, standen an ihren Plätzen. Auch die grünweißgestreiften, leicht schmuddeligen Sonnenschirme – einige mit dem Aufdruck „Fun-Reisen" – waren, zum Teil sogar aufgespannt, an ihren Plätzen.

Nur konnte man nicht mehr einfach die Abkürzung quer übers Areal zu den Bungalows auf der gegenüber liegenden Seite, am Pool vorbei, nehmen. Nein, ein weißer Zaun hinderte daran. Nur damit man die Abkürzung nicht mehr nimmt? Wir konnten von Glück sagen, dass unser Häuschen nicht in dieser entfernten Ecke der Anlage lag, obwohl wir in der Vergangenheit schon dort gewohnt hatten. Was rede ich, immer haben wir dort gewohnt! Ich glaube aber nicht, dass man den Zaun nur errichtet hat, um uns zu ärgern. Nein, das ginge dann eindeutig zu weit. Später entdeckten wir die Tore, die nur von innen zu öffnen, wegen defekter Schlösser zum Teil aber nicht mehr zu schließen waren.

Schatzi, eben weltgewandt und mit Weitblick, meinte dann, dieser Zaun sei als Kinderschutz gedacht. Mag sein.

Aber das war nicht die einzige Veränderung, nein. Schatzi entdeckte sie zuerst – ich hätte es gar nicht bemerkt – die Überdachung an den Billardtischen fehlte. Ob Regen- oder Sonnenschutz, sie war nicht mehr vorhanden. Na, so was. Nun, es sollte mir einerlei sein. Ich hatte dort noch nie Billard gespielt und auch sonst niemanden spielen sehen.

Also fühlte ich mich weder durch die nun fehlende Abkürzung zur Unterkunft noch durch eine fehlende Überdachung am Billardtisch gehandicapt.

Es waren wunderbar ruhige und erholsame Tage hier in unserem Paradies. Bis zu diesem einen Tag! Nein, es war nicht der Rasenmäher, auch nicht der Rasentrimmer auf dem Nachbar- oder sogar eigenen Grundstück. Es war auch nicht der Flieger mit seinem Werbebanner für die Discotheken „Pascha" oder „Boney M".

Nein, von der Rezeption Richtung Pool rückten etwa fünf Männer, alle in blauen Leibchen – ich meine natürlich T-Shirts – an. Alle wirkten sehr entschlossen.

Wer jemals spanische Männer miteinander reden hörte, weiß, was ich meine. Nichtsahnende Mitteleuropäer wie ich glauben an den Austausch von Kriegserklärungen, aber es handelt sich gewöhnlich nur um ein freundliches Gespräch.

Diese fünf Männer unterhielten sich also so freundschaftlich, dass es uns fast von den Liegen riss. Und sie waren schwer beladen. Trugen etwas Langes und fürchterlich Schepperiges, was sich nach einiger Zeit und genauerer Betrachtung als Gestänge herausstellte. Und eben mit diesem näherten sie sich Pool und Billardtischen.

Dann geschah etwas völlig Ungewöhnliches und Unerwartetes: noch am selben Tag bauten die Fünf die Gestänge an diesen Billardtischen auf. Vier Stangen an die Tische montiert und darauf – ähnlich wie man es von heimischen Partyzelten kennt – sechs bis acht Stangen, über die schließlich ein gelbweiß-gestreiftes Sonnendach gestülpt wurde. Wirklich hübsch anzusehen! Okay, dem Ganzen fehlte etwas Spannung. Es flatterte ein bisschen müde um das Gestänge. Ich weihte Schatzi auch in meine Sorgen um diesen schönen neuen Sonnen- oder Regenschutz beim nächsten stärkeren Wind ein.

Doch dann geschah etwas Unerwartetes. Noch am selben Nachmittag wurde – und das war für mich wirklich Premiere – Billard gespielt.

Ganz in der Nähe der Tische wohnten Niederländer, einige Bungalows weiter der Rest ihrer Truppe. Eine genaue Zahl war von uns nicht zu ermitteln, da unermüdlich Mitglieder dieser Gruppe von einer Behausung zur anderen unterwegs waren. Sehr junge Leute, Leute mittleren Alters, auch ein Baby gehörte dazu.

Wir vermuteten eine „sonderpädagogische Maßnahme" oder wie mein weltgewandter Göttergatte wusste, ein „Boot-Camp". Die jungen Leute also waren unserer sicheren Einschätzung zufolge die Betreuungsfälle, und diejenigen mittleren Alters natürlich ihre Betreuer. Ist doch ein wunderschöner Ort für solche Maßnahmen!

Und eben aus dieser Gruppe hatten sich zwei eingefunden und spielten tatsächlich Billard. Bestimmt stand auf dem Betreuungsplan heute: „Wie nutze ich sinnvoll meine Freizeit?" Mit dem zusätzlichen Ziel, die Frustrationstoleranz zu vergrößern, auf Neudeutsch also „Verlieren Lernen". Und nicht nur knutschend zu zweit auf einer Liege herumzuliegen. Oder war das wiederum die Übung „Nähe aushalten"? Also dieses unerwartete Billardspiel hat mich schon sehr beeindruckt.

Am nächsten Vormittag sollten wir noch mehr staunen, denn die blauen Leibchen rückten wiederum an, und, das stimmt wirklich, bauten diese wunderschönen – von mir nicht unbedingt wettertrauglich befundenen – gelbweißgestreiften Zeltdächer mit ihren Gestängen wieder ab. Das heißt, sie bauten sie nicht völlig ab. Die vier Stangen, die an den Tischen befestigt waren, blieben; und, hast du nicht gesehen, wurde ein massives Dach, mit einer Art Bast gedeckt, darüber gestülpt. Nicht gerade schön, aber eben auch nicht so flatterig wie der gestreifte Baldachin.

Dann kam der folgende Tag. Ich hatte meine Vorliebe für sportliche Aktivitäten am frühen Morgen entdeckt und wollte vor dem Frühstück einige Runden schwimmen.

Kein Mensch war um diese Zeit im oder am Pool. Wunderbar, dann ein paar Runden zu drehen. Ich fühlte mich wie eine Hochleistungssportlerin.

Aber was sollte das? Heute war schon jemand im Poolbereich. Niemand von der sonderpädagogischen Maßnahme, nein, die schliefen alle noch. Auch nicht etwa ein weiterer Hochleistungssportler, da hatte ich zum Glück keine Konkurrenz bekommen. Nein, ein Arbeiter! Diesmal in einem weißen Leibchen. Er war an den Billardtischen beschäftigt. Na, ja, beschäftigt ist etwas übertrieben.

Er begutachtete die beiden Tische sehr genau: das Dach von unten, dann die äußeren Ränder, die Standfestigkeit. Offensichtlich war dies der Teil der Arbeitsbeschaffungsmaßname mit Namen „Besichtigung des Objekts".

Dann verschwand der skeptische Spanier, um einige Zeit später mit einer offensichtlich alten Sonnenplane zurückzukommen. Diese breitete er über einem der Tische aus und betrachtete sein Werk nicht ohne Stolz. Hier erkannte ich Parallelen, denn auch ich war mächtig stolz auf meine morgendlichen Aktivitäten, die ich jetzt aber beendete. Der stolze Kanare beschloss soeben ebenfalls seine Aktivitäten und entfernte sich in Richtung Rezeption.

Ich dagegen Richtung Bungalow, wo mein schlafender Schatzi sicher froh war, wenn ich zurück und er seinem Frühstück nahe sein würde. Aber zuerst kuschelte ich mich nochmals zehn Minuten in mein Bett. War das herrlich!

Morgenstund...

An dieser Stelle muss ich etwas gestehen: eine meiner großen Leidenschaften. Klar, meine größte Leidenschaft ist natürlich Schatzi, aber er ist eben nicht alles. Nein, eine meiner großen Leidenschaften ist das Bett! Quatsch, nicht so! Nein, auch nicht mit den Hühnern schlafen gehen. Nein, bei Weitem nicht.

Ich bin eine ausgesprochene Nachteule, komme abends schlecht rein und morgens noch schlechter raus. Meinen Wecker stelle ich immer so, dass er eine Stunde vor dem Aufstehen klingelt. Das ist zuhause, also im wirklichen Leben, so zwischen halb sechs und sechs Uhr. Diese Stunde zwischen Schlummer und – da muss er gleich wieder sein: „… erklärte Frau Merkel…", klatsch, ihr schnell eins aufs Maul geben – ich spreche von der Schlummertaste meines Radioweckers.

Exakt alle sieben Minuten springt das Radio wieder an. Oft liegt meine Hand bereits auf der Taste, um den Sprecher, Nachrichtenmenschen oder die Musik mundtot zu machen. Und dabei rechne ich immer: Noch 56 Minuten, noch 49 Minuten, noch 42 Minuten, also ich möchte die Siebener-Reihe jetzt nicht auch noch rückwärts zählen, obwohl ich darin aufgrund meines morgendlichen Trainings wirklich gut bin. Dies einfach nur zum besseren Verständnis.

Aber wenn wir dann Urlaub haben! Also dann schlafe ich gerne aus. Sich morgens – ich werde immer früh wach – noch von einer Seite auf die andere zu drehen, ist für mich ein Hochgenuss oder, wie ich bereits erwähnte, eine meiner Leidenschaften.

Wunderschöne Träume zwischen Tag und Nacht gehen mir durch den Kopf: „Wird die Knoblauchsuppe heute Abend lecker! Ob die Knoblauchknollen noch reichen?

Hmm, Knoblauch kann man nie genug essen!" oder „Eine Finca in den Bergen, mit Hühnerstall und Olivenbaum! Ich würde Schatzi jeden Morgen – ach, ich muss nichts übertreiben – fast jeden Morgen aus dem eigenen Hühnerstall ein Ei kochen. Und die Hühner hätten alle Namen, hießen Hiltrud, Annegret, Irmgard oder Gisela!

Das sind Träume, davon kann man nur träumen!

Schwimmflossen

Patsch, patsch, patsch …! Laut tönendes Klatschen lässt mich aufschrecken. Sensibel für derartige Geräusche fahre ich hoch, wähne mich Sekunden später senkrecht über meiner Sonnenliege. Mit vor Entsetzen geweiteten Augen blicke ich um mich. Was ist die Ursache dieser Töne? Wo ist mein entschlossenes, schnelles und konsequentes Eingreifen erforderlich? Wo wird ein Mensch, gar ein Kind, in meiner Umgebung womöglich geschlagen? Wie steht es um die spanische Gerichtsbarkeit bei körperlicher Gewalt?

Als Kinder- und Jugendpsychotherapeutin der Kinderklinik einer Kleinstadt am Rande des Ruhrgebiets tätig, sehe ich mich in einer besonderen Verantwortung.

Die Gedanken schießen mir durch den Kopf. Ich schaue zu Schatzi. Auch er hat sich erschreckt und auf seiner Liege aufgesetzt, nicht ganz im Senkrechtstart wie ich, aber auch er sucht offensichtlich die Ursache dieser nachmittäglichen Störung.

Die Hibiskushecke ist zurzeit 1,60 Meter hoch, ich kann die Anlage sitzend folglich nicht überblicken.

Aber hier scheint Gefahr in Verzug! So springe ich endgültig auf und lasse meinen Blick über die Hecke schweifen. Auch Schatzi hat sich erhoben, um die Sache in Augenschein zu nehmen.

Und da entdecken wir die Ursache der laut klatschenden Geräusche. Sie kommen aus dem Poolbereich, wo sich um diese Zeit gern spanische Kinder tummeln. Heute ist es erstaunlich ruhig. In der Woche sind nur wenig Spanier in unserem Ferienparadies. Aber auf der Rückseite unseres Bungalows wohnen zurzeit etwas ältere Einheimische mit ihrem Enkel.

Nein, keine Sorge, Oma und Opa habe den Enkel nicht verprügelt. Sie sind gar nicht in seiner Nähe. Niemand ist in seiner Nähe. Er hat soeben den Pool, in dem er seine Runden gedreht hat, verlassen. Sportlich hat er seine Runden gedreht. Kann er auch gut vertragen, denn er ist eine zweibeinige Kampfkugel. Und nun ist diese sportliche Kampfkugel dem Wasser entstiegen, mit Taucherbrille und Schwimmflossen.

Er hat erkennbare Probleme, vorwärts zu kommen, was an den anbehaltenen Flossen liegt. Und gelingt ihm wirklich ein Schritt, erschallt ein laut klatschendes Geräusch. Aber vorwiegend ist er damit beschäftigt, seine Beine zu entwirren. Ständig Gefahr laufend, auf die Fre... zu fallen, ich meine natürlich, hinzufallen, versucht das arme Kind, ein Bein vor das andere zu setzen.

Erschwerend kommt hinzu, dass der arme Kerl nicht gerade viel sieht, denn zu allem Überfluss trägt er auch noch diese Taucherbrille.

Ich muss gestehen: Schatzi und ich – nun sicher, dass keine schwache Kreatur durch körperliche Gewalt in Gefahr war – haben uns vor Lachen fast in die Hose gemacht. Diese Spanier sind schon in frühen Kindertagen ein fröhliches Völkchen. Schwimmflossen auszuziehen und die Brille abzusetzen, wäre auch zu einfach gewesen. Man hätte ja auch alles tragen müssen. Also die Teile selber tragen und das als spanischer Junge – was wir Deutschen doch immer für dumme Ideen haben.

Spanische Nachbarn

Wie schon erwähnt, sind seit einiger Zeit an den Wochenenden vermehrt Spanier in unserer Anlage. Bei unserem letzten Urlaub kam freundlich grüßend eine gutaussehende junge Spanierin an unserem Garten vorbei. Kurze Zeit später sahen wir zwei Herren – weder gutaussehend noch freundlich grüßend – zum Nachbarbungalow gehen. Danach die üblichen Geräusche, die uns temperamentlose Mitteleuropäer den Ausbruch eines Krieges oder wenigstens einer Schlägerei fürchten ließen. Aber es handelte sich um ein normales spanisches Gespräch. Was aber zwei Tage später geschah, war keineswegs mehr als normal zu betrachten oder besser gesagt zu hören.

Aus dem Nachbarhaus drangen eindeutig Geräusche von Abbruchhammer, Pressluftbohrer und sonstigem schweren Abrissgerät. Da diese Tätigkeit bereits bei Morgengrauen – mir graut es noch jetzt – aufgenommen wurde, sprangen wir, Panikattacken nahe, aus den Betten.

Selbstverständlich war uns zu diesem Zeitpunkt keineswegs klar, dass die Geräusche nur aus der Nachbarbehausung kamen. Gefühlt wurde uns unser Urlaubsdomizil unter dem Popo abgerissen. Nach draußen geeilt erblickten wir erneut die junge Frau, die – wieder – freundlich grüßte. Mit ihrer Art – überschwängliche Freundlichkeit kann man spanischen Frauen im Allgemeinen nicht vorwerfen – nahm sie uns jeglichen Wind aus den Segeln. Man wäre sich einfach schäbig vorgekommen, sich bei ihr über den ohrenbetäubenden Lärm zu beschweren.

Schatzi aber – wie immer ganz Herr der Lage – machte sich Minuten später auf den Weg zum Rezeptionisten Gustavo. Nein, er ließ sich keineswegs das Beschwerdebuch zeigen. Er fragt Gustavo nach dem Grund für den Baulärm. Ungläubiges Erstaunen, was uns denn stört? Der

Bungalow ist an Spanier verkauft worden, und nun wird er renoviert. Man will ein paar Wände versetzen, neu fliesen, neue Leitungen legen ... , also ein paar kleine Umbauarbeiten. Warum uns das denn stört?

Nun, Ohropax hat man Schatzi nicht angeboten, aber nachdem er seinen Unmut deutlich zum Ausdruck gebracht hat, einen anderen Bungalow. Und zwar auf der gegenüber liegenden Seite des Pools, nahe der Rezeption – und weit entfernt von der Baustelle. So packten wir denn unsere sieben Sachen und zogen kurzentschlossen um.

Wir wussten, dass auf unserer Lieblingsseite einige Häuser in privatem Besitz sind, und zwar die in der äußeren Reihe. Nun war wieder eins verkauft worden.

An diesen Trend erinnerten wir uns nur zu deutlich in diesem Urlaub. Bereits kurz nach der Anreise stellten wir fest, dass die Anlage – insbesondere an unserer Lieblingsseite – fest in spanischer Urlauberhand war.

Schatzi hatte Wochen vor unserer Ankunft gefaxt, dass wir gern Bungalow Nummer sechzig haben wollten. Das hatte auch wunschgemäß funktioniert. Nein, diesmal gab es nebenan auch keine Baustelle. Das Haus war ja auch frisch renoviert. Aber direkt hinter uns, im Bungalow achtundfünfzig und auch in dem ehemaligen Moselaner-Domizil – ich werde später von den Moselanern berichten – , wohnten Spanier. Junge Leute, alte Leute und Scharen von Kindern. Die jungen Leute und auch die meisten Kinder reisten freitags an und sonntagsabends wieder ab. Also nutzten die Leute ihre Häuser offensichtlich als sogenannte Wochenendhäuser – glaubten wir.

Diese Leute zogen wie Karawanen, immer schön einer hinter dem anderen, in einer Tour an unserem Garten vorbei. Guckten nicht zur Seite, nein, nicht im geringstem. Grüßten nicht, waren auch nicht freundlich, dafür aber außerordentlich laut, besonders die Herren der Schöpfung.

Und die Frauen, vor allem die älteren, hatten ihre Köpfe wie festgeschraubt. Ja, wirklich: festgeschraubt. Meiner Phantasie bleibt es leider versagt, dieses Phänomen näher zu beschreiben, aber ich kann mich nur wiederholen: ihre Köpfe waren festgeschraubt. Sie trugen allesamt lange Kleider oder Röcke und alle verspiegelte Brillen.

Der Pool, der bis zu diesem Urlaub eigentlich immer leer war, war plötzlich übervölkert. Man bekam kaum ein Bein an den Boden.

Und dann fiel uns etwas auf, fiel uns praktisch wie Schuppen aus den Haaren. Waren die Spanier am Freitag in die Anlage eingefallen, klingelten wenig später ihre Handys. Eins der Clanmitglieder – meistens einer der Herren – eilte zum Tor des umzäunten Areals und öffnete einem laut tösendem Geschwader. So veränderte sich nicht nur der Poolbereich, sondern unser Urlaubsparadies innerhalb weniger Minuten in einen Freizeit-Park.

Direkt vis-à-vis unseres Bungalows wohnte nun auch am zweiten Wochenende ein Pärchen. Unfreundlich, wie unter Einheimischen üblich. An diesem Wochenende hatten sie zwei ältere Damen im Schlepp. Zwei richtige spanische Mütter. Nicht mit langen Röcken oder Kleidern, nein, mit Kittelschürzen.

Beide machten einen überaus zangigen Eindruck. Beim Erkunden der Anlage wurde auch der Poolbereich in Augenschein genommen. Nein, diesmal klingelte nicht das Handy. Nein, die Damen gingen auch nicht schwimmen. Zumindest nicht freiwillig. Nein, die eine der nickeligen Damen konnte nicht nahe genug an den Beckenrand. Obwohl der leidgeprüfte junge Begleiter verzweifelt versuchte, sie auf Abstand zu bringen. Sie wurde richtig böse: Man wird hier doch mal gucken dürfen!

Und so geschah, was geschehen musste. Klatsch – Donna Maria, oder wie auch immer sie hieß, landete im Pool. In voller Montur, also in Kittelschürze, Stützstrümpfen und was frau so trägt. Die schöne Dauerwelle war auch hin. Der leidgeprüfte junge Mann sprang – selbstverständlich ebenfalls vollständig bekleidet – beherzt hinterher, um die keifende Tante zu retten. Ich glaube, der hatte es wirklich nicht leicht. Aber er konnte sie ja auch nicht einfach absaufen lassen. Obwohl, er hätte sicher ein Problem weniger. Roty, du bist einfach böse! Geh in die Ecke und schäm dich!

Beiläufig konnten wir beobachten, dass der junge Mann und seine Frau in der Anlage bestens bekannt waren. Denn als der Nachtwächter abends seine Runden drehte, gesellte er sich auf der Nachbarterrasse zu den jungen Leuten. Nicht gerade leise wurde das eine oder andere Gläschen Vino geleert.

Also anstatt in der Anlage für Ruhe und Ordnung zu sorgen, machte dieser anlageneigene Ordnungshüter „Prösterchen" mit unserer spanischen Nachbarschaft!

Unsere Phantasie wurde beflügelt: „Bestimmt ehemalige Kollegen!" Spät in der Nacht schlich sich der Nachtwächter – gut einen im Huf – zur Rezeption, um dort vermutlich seinen Rausch auszuschlafen. Wie sagte ich noch gleich: Sind schon ein lustiges Völkchen diese Spanier!

Ahnend, dass es nichts bringen würde, verzichteten wir auch in diesem Fall auf das Beschwerdebuch.

In den kommenden Tagen wurden wir durch Zufall schlauer, was die spanische Invasion unserer Ferienanlage betraf. Nicht auf die heimischen Ferien angewiesen, wählen wir – was ja auch klug ist – die absolute Nebensaison. Also eine Zeit im Jahr, in der erfahrungsgemäß weniger Urlauber auf der Insel sind und deshalb viele Quartiere leer stehen.

Der Betreiber unserer Wahlheimat, erzählte der freundliche Spanier an der Rezeption, bietet dann Einheimischen für Super-Wochenendpreise die Bungalows an. So sind unsere Nachbarn vorwiegend Wochenendurlauber, die die günstigen Arrangements nutzen. Von wegen Hauseigentümer! Und der gesamte Clan geht obendrein kostenlos baden!

Kanarische Kartöffelchen

Nicht immer haben wir Urlaub im Bungalow mit Selbstverpflegung hier auf Gran Canaria gemacht.

Nein, früher bevorzugten wir durchaus auch Luxushotels. Statt über Reisetoaster nachzudenken, Wäscheklammern und -leine auf keinen Fall zu vergessen, auch die Gewürzbox muss unbedingt mit, waren früher Abendanzüge mit den jeweils passenden Stöckelpumps wichtige Reisebegleiter.

Morgens ging es ans reichhaltige Frühstücks-Buffet, mittags ein Snack an der Poolbar, nachmittags ein Cuba-Libre im Cafe, um dann gestylt nach der Happy-Hour zum Sieben-Gang-Menü zu schreiten. Eilfertige Ober zogen unseren Stuhl zurück, um ihn anschließend unter unseren Po zu schieben.

Und heute? Morgens im Gammel-Look auf der Terrasse bis in die Puppen frühstücken. Mittags gibt es – ebenfalls auf der heimischen Terrasse – Obstsalat oder zu besonderen Anlässen Gurken- und Tomatensalat mit Schafskäse. Abends behalten wir es uns vor, zuhause zu kochen oder auswärts zu essen. Gönnen wir es uns wirklich, aushäusig essen zu gehen, brezeln wir uns natürlich auch auf. Aber Abendanzüge, Jacketts, Krawatten gehören nicht mehr zu unserer Reiseausstattung.

Zu den ersten Reisen ins Sonnenparadies Gran Canaria gehörte allerdings noch die Halbpension. In der ersten Ferienanlage der Insel, die wir mit unserer Anwesenheit beehrten, feierten wir den Jahreswechsel.

Zu diesem feierlichen Höhepunkt hatte man sich etwas ganz Besonderes einfallen lassen: Candlelight-Dinner.

An gewöhnlichen Tagen speisten nicht alle Gäste gleichzeitig. Zu diesem besonderen Anlass hatte man aber lange Tafeln aufgebaut und festlich eingedeckt. Alle Gäste wurden gleichzeitig – in nur einer Sitzung – in den Raum gequetscht.

Anstatt am gemütlichen Zweiertisch saß man nun in kollektiver Eintracht mit Menschen zusammen, die einem durchaus nicht immer nur sympathisch waren.

Schnell ergaben sich auch sehr interessante und aufschlussreiche Gespräche: „Ach, wo haben Sie denn gebucht?" und „Was haben Sie denn bezahlt?" und „Ach, was machen Sie denn morgen?" Panik beschlich mich. Ich stellte mir die Frage: „Ach, wo sind denn hier die Fluchtwege?" Schatzi sah ich an, dass ihn ähnliche Fragen bewegten. Auch diese: „Ach, müssen wir hier wirklich nochmal hin?" Wir waren nie wieder dort.

Auch unser nächstes Urlaubsdomizil auf Gran Canaria buchten wir mit Verpflegungsleistung. Eine sehr schöne Anlage mit viel Grün, herrlichen Hibiskushecken, hohen Palmen. Die Bungalows großzügig um den Pool gebaut. Unser Häuschen lag auf der einen Seite des Schwimmbeckens, der Restaurantbereich auf der anderen.

Es gab morgens ein Frühstücksbuffet, und auch das Abendessen wurde in Buffetform gereicht. Sicher alles schmackhaft, aber als was wir die jeweiligen Nudel-, Fleisch- oder Gemüsegerichte aßen, wussten wir nicht so genau.

Bei einem Mittags-Strandspaziergang fassten Schatzi und ich einen folgenschweren Entschluss.

Lange hatten wir bei abendlichen Bummeln in Restaurants am Wegesrand gesehen und auch gerochen, wie den Gästen herrliche Speisen – oft in Tonschalen – gereicht wurden: Etwa köstlich duftende Knoblauchsuppe, oder Papas Arrugadas, das sind die kleinen kanarischen Kartöffelchen, die in Meerwasser gegart werden. Sie haben eine herrliche Salzkruste. Aber wir hatten – leider – Halbpension. Nun aber wollten wir teilhaben an solchen Köstlichkeiten.

Vom Faro, dem Leuchtturm von Maspalomas, kommend, spazierten wir an den Hotelterrassen und der Seeseite einiger Lokale vorbei. Eins der Restaurants hatte die Türen weit geöffnet, eine kleine Holztreppe führte hinauf. Heute wollten wir es wissen. Endlich die Papas Arrugadas probieren. Ein Blick: „Sollen wir?", und schon war der Entschluss gefasst: „Ja, wir sollen!"

So landeten wir in einem der Restaurants unweit vom Faro, und zwar durch die Hintertür. Ein Ober, der absolut nicht spanisch aussah, sondern einfach wie „Herr Pütthoff" aus dem Ruhrgebiet, kam sogleich, um uns an einen der Fenstertische mit herrlichem Ausblick auf Strand und Atlantik zu geleiten.

Als wir allerdings die Karte sichteten, machten wir lange Gesichter. Fanden wir doch viele Gerichte, die sich nur allzu lecker lasen – aber keine Papas Arrugadas. Ziemlich enttäuscht winkten wir unseren spanischen „Herrn Pütthoff" heran und trugen ihm unser Begehren vor. Strahlend verkündete er akzentfrei: „Aber sicher können Sie kanarische Kartöffelchen bekommen. Das ist doch eine kanarische Spezialität."

Bleibt nur die Frage: Warum stehen sie dann nicht auf der Speisekarte? Aber so ist das eben – andere Länder, andere Sitten.

Der Besuch in diesem Restaurant hatte allerdings zur Folge, dass wir nie wieder Halbpension buchen wollten. Es gefiel uns sooo gut und schmeckte uns noch besser. Im darauf folgenden Urlaub setzten wir unseren Vorsatz zum ersten Mal auch um. Wir mieteten einen Bungalow ohne Verpflegungsleistung. Diesmal gingen wir durch den Haupteingang ins Restaurant „El Velero", „Casa Antonio". Ein Anbaggerer begrüßte uns freundlich vor der Tür – was wir hier aber überhaupt nicht als störend oder gar lästig empfanden.

„Herr Pütthoff", den wir bereits von unserem ersten Besuch kannten, kam strahlend auf uns zu: „Hallo Freunde, wie geht's? Möchten Sie einen schönen Fenstertisch?" Ja, wir mochten. Der Chef des Lokals stand am Tresen und schnitt hauchdünn Serranoschinken direkt vom Knochen ab. Auch er nickte uns aufmunternd zu.

Eingehend studierten wir die Karte und entschieden uns für Knoblauchsuppe als Vorspeise. Danach orderten wir gegrillten Zackenbarsch, dazu kanarische Kartöffelchen. Lachend nahm Herr Pütthoff die Bestellung entgegen.

In dem Restaurant schmeckte es uns so gut, dass es für die Zukunft unsere absolute Lieblingsgastronomie auf Gran Canaria werden sollte. Und schon bei unserem nächsten Besuch kam uns unser Herr Pütthoff lachend entgegen. Als er die Bestellung aufnahm fragte er nur: „Nach der Knoblauchsuppe wieder den Zackenbarsch?" „Ja", das konnten wir nur bestätigen. „Aber zum Zackenbarsch bitte kanarische Kartöffelchen". „Sowieso", entgegnete Herr Pütthoff lachend.

So hat unser absolutes Lieblingslokal mittlerweile den Namen „Herr Pütthoff".

„Sch... Neckermann"

Lange ist es her, dass ich das erste Mal auf meiner Lieblingsinsel war. Damals mit meiner Familie und ohne Schatzi. Es war die Zeit der Blumenkinder, die Zeit der Hippies. Wir Mädchen trugen Miniröcke oder, wie die Herren der Schöpfung, Schlaghosen.

Täglich besuchten wir das Shopping-Center-Kasbah, das zu der Zeit noch sehr viel kleiner war als heute. Aber auch da gab es schon den „deutschen Metzger" und „deutschen Bäcker".

Unser Lieblingsrestaurant war „Der Hamburger", das Lokal eines Deutschen, der aus Hamburg stammte – da wäre wahrscheinlich niemand drauf gekommen. Es bestand aus Bierzeltmöbeln unter einer Markise.

Unser Lieblingsessen: Steak mit Folienkartoffel. Zuhause kannte man damals die Kartoffeln in Alufolie noch nicht.

In der Kasbah, einem Einkaufszentrum in Playa del Ingles nahe am Meer, boten Einheimische, aber vor allem Marokkaner, ihre Ware an. Sehr schöne Ledergürtel und -taschen. Immer wieder zog es uns zu den Verkaufsständen.

Unser Urlaubsbudget war knapp, wir hatten sehr lange für diese Reise gespart. Also wollte es wohlüberlegt sein, was wir als Souvenir mitnehmen. Täglich betrachteten und verglichen wir. Den Kauf schoben wir hinaus. Vielleicht entdeckten wir noch Schöneres oder Preiswerteres. Man weiß es ja nicht.

Gereist sind wir mit Neckermann. Das war der Haupt-Anbieter für die Canaren. Noch heute gibt es eine Straße namens „Avenida Touroperador Neckerman".

Die Marokkaner – nach Tagen des Sichtens, Begutachtens und doch nicht Kaufens allmählich sauer – bedachten uns mit bösen Blicken. An einem Abend nahmen wir die tollen Taschen abermals vom Haken und bestaunten sie von innen und außen. Als wir genug geschaut hatten und weiterzogen, riefen sie böse hinter uns her: „Scheiß Neckermann!"

Ich habe mir dennoch am Tag vor der Abreise eine wunderschöne runde Ledertasche und einen schicken Ledergürtel gekauft. Auf Beides war ich sehr stolz. So etwas hatten meine Freunde zuhause Anfang der 70er Jahre nicht.

Jahre später kam ich mit Schatzi nach Gran Canaria. Die Insel war nicht wiederzuerkennen. Neben der Kasbah gab es mittlerweile das Jumbo-Shopping-Center, das Einkaufs- und Vergnügungscenter Cita, die schneckenförmige Einkaufsmeile Faro II und weitere Geschäftsviertel. Die Abende nutzten Schatzi und ich, um uns ausgiebig umzusehen. Es waren viele Läden mit Elektronik dazugekommen, die vorwiegend von Indern betrieben wurden.

Die angebotenen Waren betrachteten wir eher mit Abstand. Denn eins hatten die Händler gemeinsam: guckte man etwas genauer, wurden sie nach mitteleuropäischen Empfinden sofort lästig. Sie konnten nicht akzeptieren, dass man sich einfach nur interessierte und schauen wollte. „Musst Du gucken, musst Du probieren. Ich Dir machen guten Preis. Gute Ware. Du nichts Besseres bekommst..." und so weiter. Warum darf man nicht einfach nur gucken? Wir haben dann auch nichts gekauft. Hätten wir vielleicht. Aber so bedrängt, nein, das kam für uns nicht infrage.

Im leichten Urlaubsoutfit – Shorts, T-Shirt und Urlaubslatschen – machten wir eine neue Erfahrung. Wir waren auf dem Weg zum sonntäglichen Einkaufsmarkt im nördlichen Stadtteil von Maspalomas San Fernando. Als wir an einem Laden offensichtlich zu viel Interesse zeigten und den Weg ohne Einkauf fortsetzten, rief die einheimische

Verkäuferin „Scheiß Birkenstock" hinter uns her. Betreten blickten wir auf unsere Füße. Es waren zwar keine Birkenstocksandalen, aber Gesundheitslatschen allemal.

Die Jahre gingen ins Land, und auch in den 90er Jahren gönnten wir uns eine Reise zu unserer Lieblingsinsel. Der Halbpension müde zog es uns in die Restaurants am Wegesrain, aber auch in die Einkaufszentren.

Mit uns schoben sich viele Urlauber durch Straßen und Gassen. Man hörte englische Stimmen, auch Niederländer waren unterwegs.

Und dann hörte man ganz neue Töne: „Ey, verpipscht noch önmol. Häst Du die schööne Tösche gesöhen? Öb ich mir die köufen söll?" Breitestes Sächsisch war zu hören. Und sonstige Ossitöne. Ja, die Mauer war inzwischen gefallen. Unsere Brüder und Schwestern genossen die neue Freiheit.

Vorsichtig betrachteten wir in den Einkaufsmeilen die angebotenen Waren. Schöne Schuhe und Sandalen gehörten dazu. Aber immer hielten wir einen gewissen Sicherheitsabstand, um die Verkäufer auf Distanz zu halten.

Und dennoch passierte es. Wir hatten einmal zulange bei den Sonnenbrillen geguckt. Ich hatte mich am Tag zuvor auf mein gutes Stück gesetzt. Leider hatte es dieses Missgeschick nicht überlebt. So schaute ich vorsichtig an dem Ständer mit den Augengläsern von „Pierre Cardin". Sofort eilte der Verkäufer herbei. Er nahm schreckliche Brillen von dem Drehregal und pries sie mir an: „Musst Du probieren. Beste Qualität. Ganz modern. Wird Dir gefallen. Ich Dir machen guten Preis." Nein, ich wollte das schreckliche Model nicht probieren. Auch nicht für einen guten Preis. Ich wollte mir einfach nur die Brille von „Pierre Cardin" anschauen. Entnervt drehten wir uns um und entfernten uns von dem Verkaufsstand.

Und da passierte es: „Scheiß DDR!" rief der Verkäufer hinter uns her. Das darf doch wohl nicht wahr sein! Das hatten wir wirklich nicht verdient.

Eine neue Sonnenbrille habe ich mir dennoch gegönnt, und zwar im „Kaufhof". Ja, im Kaufhof. Einem Ramschladen, in dem man in Ruhe stöbern und aussuchen konnte.

Wir ließen uns von den Beschimpfungen jedoch nicht abschrecken und kamen auch im kommenden Jahr wieder auf unsere Insel. Es war die Zeit des Kanzlers der Einheit.

Auf der Insel wurde gebaut wie immer. Sonst hatte sich wenig geändert. Auch die Verkäufer waren unvermindert aufdringlich. Aber wir kannten das aus hinreichender Erfahrung und hielten uns deutlich zurück.

Den Urlaub verbrachten wir im Happy Club und waren dort einfach nur happy. Häufig gingen wir abends zum Shopping-Center-Kasbah. Manchmal aßen wir dort, manchmal machten wir nur einen Verdauungsspaziergang. Es kam auch vor, dass wir uns eine köstliche Sangria gönnten.

Wir gingen auch unserer Lieblingstätigkeit nach: Leute gucken! Urlauber neigen einfach dazu sich ganz besonders zu stylen. Frau trägt gern lange Schlabberröcke, kombiniert mit Gold und Glitzer. Mann dagegen kurze Hose, Sandalen und graue Socken. Dazu Hawaiihemd lässig über Hose und Bierbauch. Einfach schick!

Wie bereits erwähnt ist das Shopping-Center-Kasbah das älteste Einkaufszentrum im Süden der Insel. Heute gibt es neben vielen Parfümerien, Elektronikgeschäften und Souvenirläden auch noch eine Reihe Ledergeschäfte.

Damals hatte es uns ein dunkelhäutiger Bursche, vielleicht zwölf Jahre alt, besonders angetan. „Ali" erwies sich als besonders geschäftstüchtig. Kaum ein Urlauber kam an seinem Stand oder besser ausgedrückt, am Stand seines Vaters vorbei, ohne dass ihm die Lederwaren entsprechend angepriesen wurden.

Wir beobachteten ihn aus sicherer Entfernung von einer Bar aus bei einer kühlen Sangria. Als wir unseren Schlummertrunk geleert hatten und uns auf den Heimweg machten, mussten wir an Ali vorbei.

Der junge Geschäftsmann ging strahlend auf Schatzi zu und hielt ihm eine Aktentasche unter die Nase: „Du wichtiger Mann. Du brauchen neue Dokumententasche. Nix teuer. Ich Dir machen guten Preis."

Nein, Schatzi brauchte keine neue Aktentasche, obwohl es ihn mit Stolz erfüllte, für einen wichtigen Mann gehalten zu werden. Er winkte freundlich, aber bestimmt ab.

Aber nicht mit Ali. Jäh, war es mit der guten Laune vorbei. Böse rief er Schatzi nach: „Scheiß, Helmut!" Gemeint war offensichtlich der gern seine Landsleute zur Sparsamkeit mahnende Kanzler der Einheit. Ja, ist es denn? Nur gut, dass Schatzi Günther heißt. Es wäre nicht auszudenken.

Hibbel kommt

Mittlerweile war es Tradition, dass meine Schwägerin Waltraud uns in unserem Urlaubsparadies besucht. Waltraud ist promovierte Biologin, ganz bestimmt kein Urlaubsprofi wie wir – ich glaube nicht, dass sie einen Reisetoaster hat – , aber dennoch weitgereist.

Sie bevorzugt eher Individualreisen, zum Beispiel durch das Hinterland von Indonesien, bei denen sie auch gerne einmal mit der Oma eines ehemaligen Mit-Doktoranden das Bett teilt. Eine große Ehre, neben dieser Frau schlafen zu dürfen. Die Oma, natürlich weder unserer Sprache noch des Englischen mächtig, betextete meine Schwägerin die halbe Nacht. Immer, wenn diese sich der Verzweiflung nahe schlafend stellte, deckte die besorgte Frau den fremden Gast auf ihrer Schlafstatt liebevoll und fürsorglich bis zur Nasenspitze zu. Und das bei schwülwarmen 30 Grad um Mitternacht.

Diese Weltreisende also besucht uns regelmäßig in der Touri-Hochburg Gran Canaria.

Da sie heute Morgen hoffentlich um sechs Uhr in Düsseldorf gestartet ist, fahren wir mit dem Leihwagen gegen neun Uhr Ortszeit – gegenüber der deutschen Zeit stellen wir unsere Uhren eine Stunde zurück – zum Flughafen Gando.

Schatzi, ganz Herr der Lage, findet nach einigem Suchen auch die Zufahrt zum Parkhaus des Flughafens, die ziemlich bescheuert ausgeschildert ist. Aber wir machen das ja nicht zum ersten Mal.

Damals – also beim ersten Mal – hatte mein Schätzchen zuhause, ich meine damit unser Urlaubszuhause, auf eine Pappe groß „Hibbeline" geschrieben. Der Kosename seiner kleinen Schwester ist seit Jahren „Hibbel". Weiß Gott, wie sie zu diesem Namen kommt!

Wir kannten die Ankunftshalle des Flughafens auf Gran Canaria bis dahin nur aus der anderen Perspektive, und da bot sich uns immer das Bild von Reiseleitern und anderen Abholern, die Schilder mit Jahn-Reisen, Neckermann, Abholer Herr und Frau Müller und so weiter, hochhielten.

Wir vertrauten uns dann der Dame in der weißen Bluse, dem blauem Rock und rotgemustertem Halstuch des Reiseveranstalters TUI an. Die schickte uns dann zum Bus-Steig B, Bus 39, in dem wir mehrere Viertelstunden auf weitere Fluggäste warteten, um zu unserem Urlaubsdomizil gebracht zu werden.

Nein, wir hatten nicht vor, Hibbeline stundenlang auf die Weiterfahrt warten zu lassen, aber wir wollten sie doch professionell in Empfang nehmen. Bewahre, ich besitze im Urlaub weder weiße Bluse noch blauen Rock, nicht einmal ein rotkariertes Halstuch. Aber zu unserem Erstaunen waren wir fast die Einzigen, die auf dieser Seite der Glastür warteten. Schatzi hielt aber trotzdem stolz das Schild hoch, als er seine Schwester kommen sah, damals...

Heute hatten wir das Schild aber aufgrund der gesammelten Erfahrungen nicht dabei. Flug 5434 war zehn Minuten früher als erwartet gelandet. So mussten wir nicht lange ausharren, da kam Frau Doktor auch schon.

Schicke Marken-Jeans, blaue Designerbluse mit weißen Tupfen, Bauchtasche von Mandarina-Duck, den Koffer von Rimowa auf vier Rollen lässig neben sich her schwebend und glücklich strahlend. Wie auch bei den vergangenen Besuchen hatte sie sich bei unserem Anblick völlig unter Kontrolle.

Schatzi im Riesen-T-Shirt in leuchtendem Grün – er hätte damit jederzeit bei den Gärtnern unserer Ferienanlage anfangen können –, dazu die knielangen grauen Hosen. Er hatte sich dieses Outfit stolz wie Oskar extra für diesen Urlaub zugelegt. Es fehlten für den typischen deutschen Urlauber fortgeschrittenen Alters nur noch die grauen Socken und braunen Sandalen.

Meine Wenigkeit dazu im blauen „Spielhöschen", dazu das gestreifte Sonnentop, bei dem das Weiß wegen des Sonnenöls nicht mehr so blütenweiß strahlte, dazu mein Bauchladen – ich meine natürlich meine Bauchtasche – die von einer Herbstkirmes der Jahrtausendwende stammte.

Drei glückliche Menschen – die unterschiedlicher nicht sein könnten – die gemeinsam zum gemieteten Dacia strebten und sich auf mit Sicherheit vier wunderschöne Tage freuten und dabei mit der Sonne um die Wette strahlten.

Nach Besuch und Einkauf im Riesensupermarkt in Flughafennähe führte der Weg uns ungleiches Gespann zu einem urigen wunderschönen Restaurant oberhalb von Las Palmas, wo wir uns an vornehm eingedeckten Tischen in stilvoller Umgebung von einem freundlichen Ober bedienen und kulinarisch verwöhnen ließen. Und eins hatte dieser Ober mit meiner Schwägerin gemeinsam. Er zuckte aufgrund unseres Outfits nicht mit der Wimper.

Da es hier kühler war, hatte sich Hibbel ihren Kaschmirpullover und ich mir meine Joggingjacke umgelegt.

Und eins kann ich nur sagen: Lecker war's!

Schampus vom Franzosen

Wie erwähnt wissen wir, dass viele Häuser in unserer Ferienanlage verkauft sind, die meisten davon an Spanier. Andere Bungalows werden in der Nebensaison an den Wochenenden zu Schnäppchenpreisen an Einheimische vermietet.

Anders ist es mit dem Nachbar-Haus Nummer 58. Da wissen wir definitiv, dass er „privado" und renoviert ist. An das Drama des vergangenen Urlaubs konnten wir uns nur zu gut erinnern.

Als wir in diesem Urlaub ein paar Tage hier waren – Hibbel gerade zu Besuch – zogen drei palavernde Herren an uns vorbei, diskutierten lautstark im Nachbargarten die Welt. Hibbel, spanisch sprechend, bot sich an, ein paar passende Takte mit den Herren zu sprechen und das Palaver zu beenden. Fürs Erste dankten wir meiner Schwägerin und wollten gegebenenfalls auf ihr Angebot zurückkommen. Die Herren zogen aber wenig später – ebenso laut – wieder ab.

Tags darauf erschien eine junge Frau im Putzkittel, eindeutig nicht zum Putzgeschwader des Las Naranjas gehörend, mit Putzeimer und Schrubber und verschwand für kurze Zeit im Nachbarhaus. Wir mutmaßten, dass die Eigentümer in der nächsten Zeit nebenan Urlaub zu machen gedachten.

Am folgenden Tag sahen wir auf dem Nachbargrundstück einen jungen Mann, aber eben auch nur diesen einen jungen Mann, sonst niemand. Kurz danach verhandelte er mit unserer Putzfee. Einen Tag später rückte diese dann zum Großreinemachen bei dem neuen Nachbarn an. Offensichtlich war die erste Putzfrau ein bisschen zu schnell gewesen.

Zum Tagesausklang saßen Schatzi und ich nach dem Essen, so wie es unsere Gewohnheit ist, auf unserer wunderschönen Terrasse. Schatzi ein kühles Glas Cervesa, also zu gut deutsch Bier, und zwar das spanische San Miguel, vor sich. Ich mit einem ebenfalls kalten Gläschen Vino blanco, also zu gut deutsch Weißwein, und zwar der spanischen Marke Liria.

Meine Beine hochgelegt auf einem zweiten Terrassenstuhl. Auf dem Tisch flackerte ein Windlicht, wir hörten die Grillen zirpen und waren die glücklichsten Menschen der Welt. Hibbel war inzwischen wieder abgereist. Es war diesmal ein ganz besonders kurzer Besuch. Also, das ist nicht misszuverstehen. Wir waren nicht etwa froh, dass Hibbel abgereist war, sondern wir waren unendlich glücklich, hier sein zu dürfen.

Mitten in dieser feierlichen Ruhe tauchte plötzlich aus der Dunkelheit, auf dem Weg neben unserem Anwesen, eine Gestalt auf. Bei näherem Hinsehen erkannten wir unseren neuen Nachbarn von Haus 58. Er winkte fröhlich und hielt etwas in die Luft. In radebrechendem Englisch rieft er: „Hallo, ich möchte Ihnen etwas geben!"

Schatzi stand auf und begab sich zu dem Fremden. Der stellte sich als Franzose vor und erzählte, dass er so glücklich sei, für drei volle Monate hier Urlaub machen zu können. Er hatte den Nachbarbungalow privat gemietet. An seinem ganzen Glück wollte er uns teilhaben lassen. So übergab er meinem staunenden Gatten zwei – er betonte es immer wieder: „könnt Ihr trinken, sind eiskalt!" – Piccolo Mumm-Champagner. Der Franzose kriegte sich kaum ein vor Freude: „Drei Monate bleibe ich hier! Drei Monate!" Wir konnten ihn nur zu gut verstehen.

Obwohl, der arme Kerl war ganz allein. Ich weiß nicht, ob ich irgendwo auf der Welt drei Monate ohne Schatzi sein möchte …

Der Fahrer kann's nicht glauben

Wie bereits erwähnt, war Hibbel in diesem Urlaub nur sehr, sehr kurz zu Besuch. Da sie einen wichtigen Vortrag beim Biologen-Kongress zu halten hatte, konnte sie leider nicht länger bleiben.

Sie reiste Freitagmorgen – zum Glück sehr früh – an und konnte bis Sonntagnachmittag Sonne tanken. Damit wir nicht zu nachtschlafener Zeit im Leihauto zum Flughafen mussten, war sie – im hoffentlich nicht petrolfarbenen Sondertaxi – vom Airport zu unserer Ferienanlage gebracht worden.

Sie war in Anbetracht des kurzen Aufenthaltes ihrem Lebensmotto: „Wenn nicht jetzt, wann dann?" gefolgt. Allein für das leckere Essen bei Herrn Pütthoff lohnte sich die Anreise aus dem kalten Deutschland ins Urlaubsparadies.

Herr Pütthoff kennt uns und unsere Vorliebe für Knoblauchsuppe und Zackenbarsch. Er weiß auch, dass ich den Fisch, den ich esse, vorher nicht persönlich kennenlernen möchte.

Ganz anders veranlagt und experimentierfreudig ist meine weltgewandte und ebenfalls weitgereiste Schwägerin.

So bevorzugte sie in Somalia, wo sie vor Jahren einen ehemaligen Kommilitonen bei biologischen Untersuchungen unterstützte, das köstliche Kamelgulasch. Auch das getrocknete Zicklein mundete ihr ganz vorzüglich.

Herr Pütthoff bemerkte sehr schnell, dass die „blonde Frau", die uns seit einiger Zeit häufiger begleitete, der großen Palette der Köstlichkeiten seiner Speisekarte sehr aufgeschlossen war. Und nicht nur das! Darüber hinaus war er stolz, Hibbel die besonderen Spezialitäten des Tages anzubieten. So auch bei unserem Restaurantbesuch ihres besonders kurzen Aufenthaltes auf den Kanaren.

Herr Pütthoff empfahl ihr einen Fischeintopf. Sein Chef kam hinzu und donnerte uns an: „Ist nichts für Euch, hohoho!" und klopfte Schatzi mit seiner Pranke auf die Schulter.

Hibbel aß mit großem Genuss den „Fischeintopf Chili". Dazu Gofio. Gofio ist ein für die Kanaren typisches Mehl aus geröstetem Getreide wie Mais und Weizen. In schlechten Zeiten wurde es auch aus Samen von Unkräutern hergestellt. Es wird mit Brühe, Wasser oder Ziegenmilch zu einem festen Brei verknetet und zu verschiedenen Gerichten gereicht. Dieser Brotersatz wurde von der ehemals armen Landbevölkerung sehr geschätzt. So macht es die Kanaren sehr stolz, wenn ihre Gäste Gofio probieren. So auch Herrn Pütthoff. Als Hibbel jedoch beim Fischeintopf arglos auf eine Chilischote biss, trieb es ihr das Wasser in die Augen. Die Tränen liefen nur so. Ich glaube, Herr Pütthoff, dieser Schuft, hat gegrinst.

Schatzi und ich hingegen – wir Feiglinge – wählten, wie kann es anders sein: Knoblauchsuppe, danach Zackenbarsch mit kanarischen Kartöffelchen. Sowieso! Und – wie immer – sehr köstlich.

Den zweiten Abend verbrachten wir auf der Urlaubsterrasse und genossen sehr leckere Tapas. Hibbel hatte mich in der Küche unterstützt. Dabei war sie einem anderen Motto treu geblieben: „Zum Kochen brauche ich Rotwein, manchmal kommt er auch ins Essen!"

Es gab eingelegte Knoblauchpilze, Datteln im Speckmantel, Serranoschinken, Manchegokäse und viele andere inseltypische Leckereien.

Am dritten Tag ging es für meine Schwägerin auch schon wieder nach Hause. Wir brachten sie zum Taxi, das Gustavo, unser Rezeptionist, bestellt hatte. Es war ein niegel-nagel-neues Fahrzeug, der Fahrer machte einen sehr sympathischen, seriösen Eindruck.

Hibbel begrüßte ihn spanisch und teilte ihm in seiner Landessprache mit, dass sie zum Flughafen wollte. Später erzählte sie, dass sie sich mit dem Fahrer unterwegs noch eine Weile spanisch unterhalten hätte.

Als sie auf die Frage, wann sie denn auf die Insel gekommen wäre spanisch antwortete: „Anteayer!" also wahrheitsgemäß: „Vorgestern!" blickte der Mann sie sehr skeptisch von der Seite an. Dem Blick entnahm sie: „So weit ist das mit den Spanischkenntnissen doch nicht!"

Oder vielleicht auch: „Die spinnt doch!"

Hatte er sie schließlich aus einer sehr einfachen Touristenanlage abgeholt. Okay, in Monte Leon, dort wo die Superreichen wohnen, konnte man vielleicht glauben, dass jemand für drei Tage anreist. Aber hier? Niemals! So ließ er sich nicht vernatzen. Das Gespräch mit Hibbel war für ihn damit beendet.

Ein Herz für Tauben

Strahlend blauer Himmel, 30,7 Grad auf der Terrasse im Schatten, 48,6 Grad in der Sonne, ein laues Lüftchen streicht durch das zartgefiederte Blattwerk des Flamboyán, unter dem ich den Halbschatten genieße. Dazu das Gurren der kanarischen Tauben, himmlisch! Gleich fällt mir dazu ein, welch liebevoller Mensch Schatzi doch ist, nicht nur zu mir, nein, auch zu Tieren, in diesem Fall zu Tauben. Also, ich denke an einen unserer vergangenen Urlaube in diesem unseren Paradies.

Beim Frühstück mit dem von uns bevorzugten Urlaubsbrötchen-Schnitt quer zur Länge gibt es immer jede Menge Krümel. Und meine bessere Hälfte hatte in von mir unbeobachteten Momenten die Täubchen mit eben diesen Krümeln gefüttert. Bestimmt hatten diese im Gegensatz zu unseren deutschen Wildtauben so zierlich und gebrechlich wirkenden Geschöpfe ihn gerührt und er ihren Hunger erkannt. Wie sie da so mit wackelnden Köpfen über unsere Wiese tippelten.

Herzlos wie ich bin, beendete ich dieses Treiben: „Spinnst Du, die wirst Du doch nie wieder los!"

Wurden wir auch nicht. Was sollten diese armen Tiere auch denken, wenn ihre früheren Brot- bzw. Brötchengeber sie jetzt verscheuchten?

Und so kam es, wie es kommen musste: eine eben dieser Tauben saß auf den Ästen über dem Rasen unseres Bungalows und erleichterte sich direkt auf das Badelaken meiner Liege. War das die Rache, dass ich Schatzi davon abgehalten hatte, diese armen Tiere zu füttern??? Schatzi musste übrigens daraufhin sein Laken mit meinem tauschen.

Nun, im Flamboyán, waren das heute vielleicht die Nachkommen dieser reizenden Geschöpfe? Noch ein bisschen, und es gibt heute Abend Täubchen.

Im Garten nebenan

Der Halbschatten unter dem Sonnenschirm-ähnlichen Baum auf unserer Wiese ist einfach himmlisch. Ich genieße herrliche Stunden auf meiner Liege. Über mir die wogenden, paarig gefiederten Zweige mit den noch zarteren Reihen der wiederum paarig angeordneten Blättchen, die sich sanft im Wind wiegen. Da wir bereits Oktober haben, welken die ersten Blätter und rieseln scharenweise leise auf mich herab. Sie kleben dann so wundervoll auf meiner gut gecremten und leicht verschwitzten Haut oder schwimmen im Mineralwasserglas auf dem Stuhl neben meiner Liege.

Der Baum trägt um diese Jahreszeit nicht nur die trockenen, braunen Früchte, die an riesige Schoten von Hülsenfrüchten erinnern, sondern auch grüne, unreife, die aussehen wie Riesenbohnen oder -erbsen.

Beim ersten Urlaub in dieser wunderschönen Ferienanlage war Schatzi von diesen gigantischen Samen der Bäume völlig fasziniert. Wir waren damals im Frühjahr hier. Sie trugen keine Blätter, aber die harten braunen Fruchtschoten.

Und dann leistete sich Schatzi eine ganz besondere Schote. Der Garten unserer Unterkunft besaß keinen eigenen Flamboyán, aber zwei Bungalows weiter auf dem Rasen, dort stand einer.

Daran hingen, nicht allzu hoch, nach menschlichem Ermessen also durchaus erreichbar, prachtvolle Exemplare dieser faszinierenden Früchte. Ein tolles Mitbringsel. Aber man kann ja nicht einfach – auch im Urlaub nicht – in Nachbars Garten gehen und mit einem freundlichen „Guten Tag!" die Riesenschoten pflücken. Also wartete Schatzi auf einen Abend, an dem die Nachbarn zum Essen waren.

Die Gunst der Stunde nutzend ging er, da es sehr warm war, nur leicht bekleidet einige Häuser weiter. Weil die

Früchte ohne weiteres nicht zu erreichen waren, sah ich Schatzi wenig später nur mit einer Unterhose bekleidet, wenn auch nicht gerade Schießer-Feinripp, in Nachbars Garten umherhüpfen.

Die Blicke von einigen anderen Terrassen in Sichtweite waren ziemlich überrascht und nicht wenige auch ziemlich amüsiert.

Schatzi hüpfte dort wie ein Riesenflummi unter dem Baum, um das Ziel seiner Begierde zu erreichen. Aber sein voller Einsatz hatte sich gelohnt. Wenig später kam er, stolz wie Bolle, zurück. Betreten schaute er an sich herab, als ich ihn darauf hinwies, dass er die ganze Zeit in Unterhose spazieren ging. „So ein Mist, das habe ich gar nicht gemerkt!" meinte er nur, und ich glaube, er wurde ein bisschen rot.

Ja, mit Schatzi kann ich so einiges erleben.

Schießer-Feinripp

Meine jüngere Schwester Emmy und ihr Mann Hugo sind ähnliche Urlaubsfreaks wie wir. Emmy hat nach dem Studium der Pädagogik nicht sofort einen Job bekommen. Müßiggang ist uns nicht in die Wiege gelegt. Also suchte sie sich eine geeignete Tätigkeit, die zwar keineswegs ihrer Qualifikation entsprach, aber zunächst Kohle ins Haus brachte. Sie arbeitete in der Gastronomie mit dem goldenen Doppelbogen.

Zuerst Burger über die Theke schiebend, machte sie schnell Karriere bei der Fast-Food-Kette. Schon nach kurzer Zeit war sie Managerin eines großen Stores in einer bayerischen Kleinstadt.

Die Zeit ging schnell ins Land und Emmy feierte 10jähriges Dienstjubiläum. Zehn Jahre bei McDonald's in der Führungsetage heißt: Vier Wochen Jubiläums-Sonderurlaub!

Emmy, urlaubswillig, buchte drei Wochen Mallorca. Ihren Erzählungen glaubend, verbrachte sie wunderschöne Tage auf der Deutschen liebsten Insel.

Geplantes Highlight: Ihr Mann Hugo reiste nach, und die letzte Woche nutzten beide für einen Segeltörn um die Insel.

Tetra-Packs mit Weiß- und Roséwein wurden neben weiteren überlebenswichtigen Getränken und Lebensmitteln auf der Zwölf-Meter-Jacht verstaut.

Sie verbrachten eine wundervolle Woche auf dem Wasser. Um sich herum nur Wellen und Meer.

Diese Freiheit genossen sie in vollen Zügen, gekleidet im Minimal-Dress-Code. Nur zu Landgängen hielten sie sich an Konventionen und kleideten sich – zumindest einigermaßen – zivil.

Nach einigen Tagen steuerten sie die Bucht von Porto Christo an. Zu ihrem Glück fanden sie einen wunderschönen Liegeplatz.

Nach professionellem Anlegemanöver sprang Hugo ans Ufer und begab sich zum Hafenmeister.

Vorbei an staunenden Bootseignern und Spaziergängern absolvierte er die etwa 50 Meter zum Chef des Hafens. Es war alles Routine: Er meldete sich an und bezahlte seinen Obolus für den Anlegeplatz. Danach kehrte er stolz und glücklich zurück zu Frau und Jacht.

Emmy wartete bereits auf Hugo. Fröhlich fragte sie ihre bessere Hälfte: „Na, alles okay? Hat alles geklappt beim Hafenmeister?"

Ebenso stolz wie glücklich bejahte er die Frage. Nicht ahnend, dass sogleich die nächste Frage kam: „Hast du eigentlich mal an dir heruntergesehen?"

Hugo, völlig konsterniert: „Wie? Was? Wieso?" Beim Blick an sich herab entfuhr ihm nur: „Sch…!" Er spazierte die ganze Zeit so, wie er es von den letzten Tagen an Bord gewohnt war, in Schießer-Feinripp durch die Gegend.

Studiengang am Strand

An einem wunderschönen Sonnentag machte ich meiner sportlichen Schwägerin, die uns für ein paar Tage besuchte, den Vorschlag, mit mir am Strand entlang von Playa del Ingles nach Maspalomas zu wandern.

Waltraud nutzte die herrlichen Morgenstunden, in denen es noch nicht so heiß war, und die Sonne noch nicht senkrecht am Himmel stand, sondern Bäume und Sträucher noch lange Schatten warfen, und drehte ihre sportlichen Runden. Richtig professionell mit Pulszähler und so, während Schatzi und ich noch friedlich schlummerten.

Nachdem ich den Vorschlag gemacht hatte – sah ich da etwa leichte Zeichen von Panik in ihren Augen? – beruhigte ich meine Schwägerin: „Du gibst das Tempo vor!" Schallendes Lachen, denn wir erinnerten uns noch beide an ihren letzten Besuch.

Wir drei hatten uns damals auf den Weg zur Kasbah, dem ältesten Einkaufzentrum in Playa del Ingles, gemacht, weil wir dort essen wollten.

Vom Campo Golf geht es einen steilen Berg hinauf, auf dem man mit einem phantastischem Blick über den Golfplatz bis zu den Dünen, die neu erschlossene Costa Meloneras und dem Leuchtturm Faro belohnt wird.

Nach dieser kleinen Strapaze plante mein Schätzchen etwas ganz Besonderes: den Besuch unserer früheren Ferienanlage Happy Sun. Man ist schließlich stolz, wo man schon überall war. Dort gibt es Eingangstore mit Magnet-Schlüsselkarten, und die hatte Schatzi damals „vergessen", abzugeben.

Er wollte den kleinen Umweg machen und seiner Schwester die Anlage mit ihrem wunderschönen Garten zeigen.

Mein Schatz griff in die Hosentasche, in die Gesäßtasche und wurde sichtlich nervös. Fassungsloses Entsetzen stand ihm ins Gesicht geschrieben, als er mich verzweifelt fragte: „Roty, hast du die Schlüsselkarte dabei?" Den Ernst und die Dramatik der Sekunden mal wieder nicht erfassend, war ich einem Lachkrampf nahe: „Nee, hast du die etwa nicht dabei?"

Und dann schaute ich meinen Mann an, wie er dastand, mit hängenden Mundwinkeln und ebenso hängenden Schultern. „Scheiße, ich habe mich so darauf gefreut!" Konnte ich ihn so leiden sehen? War ich so brutal, so lieblos? Nein, das war ich nicht!

„Schätzchen, soll ich zurückgehen und die Karte holen?" hörte ich mich fragen. Ein Strahlen huschte über sein Gesicht. „Würdest du das für mich machen?" Ohne mit der Wimper zu zucken antwortete ich: „Na klar!"

Meine Schwägerin, die die ganze Zeit nichts, aber auch gar nichts verstanden hatte, schaltete sich ein. Sie wusste schließlich nicht, dass ihr Bruder einen Umweg machen wollte, denn davon hatte er nichts verraten.

Hibbel erklärte spontan: „Roty, dann gehe ich aber mit!" Also machten wir beiden Schwägerinnen wendekehrt und gingen den Berg wieder hinunter, zurück zum Las Naranjas, sammelten die so schmerzlich vermisste Schlüsselkarte ein.

Dann ging's zum zweiten Mal steil bergauf zu der Anhöhe, auf der mein Günther auf uns beide und natürlich die Schlüsselkarte wartete.

Ich mochte ihn nicht so lange warten lassen, drosselte unterwegs aber trotzdem leicht mein Tempo, wenn meine Schwägerin nicht mehr auf Schritthöhe war.

Als wir den Gipfel erreichten und meinem erfreuten Schätzchen die ersehnte Karte übergaben, schaute ich Waltraud an. Das Dreieck um ihre Nase schneeweiß, kalte

Schweißperlen auf der Stirn, wendete sie sich dem Umfallen nah an ihren Bruder: „Dass du mit Roty nicht spazieren gehen kannst, glaube ich dir gerne!"

Erst jetzt merkte ich, was ich angerichtet hatte. Während ich eher gemütlich spazieren zu gehen glaubte, war die arme Hibbel die ganze Zeit neben oder besser gesagt hinter mir her gerannt.

Das hatte ich verantwortungslose, niederträchtige Person die ganze Zeit nicht gemerkt, und zu meiner Ehrenrettung muss ich sagen, auch nicht gewollt. Hibbel, die jeden Morgen joggte, sah mich verzweifelt an und meinte: „Und ich dachte, ich wäre gut in Form!"

An dieser Stelle muss ich nochmals darauf hinweisen, dass der liebe Gott mich mit einem sehr langem – leider flugzeuguntauglichem – Fahrgestell ausgestattet hat. Also auf einen meiner Siebenmeilenschritte kommen mindestens vier Normalo-Schritte.

Bei meinem Vorschlag, einen Strandspaziergang zu machen, auf den aus verständlichen Gründen Günther verzichtet, sehe ich einen Anflug von Angst in Waltrauds Augen. Ich verspreche ihr, dass sie das Tempo bestimmt, und das meine ich sehr, sehr ernst. Nein, ich werde die Arme nicht wieder so hetzen.

Schatzi merke ich das sichtliche Vergnügen an, denn meine Quengeleien: „Och, geh doch mit mir mal am Strand lang…!" wird er in der nahen Zukunft nicht mehr hören. Oberdrein weiß er seine beiden Frauen für die nächsten Stunden bestens beschäftigt – und hat seine Ruhe.

So schlage ich dann vor, die Wanderung in Playa del Ingles zu beginnen, damit uns der mögliche – und hier am Strand sehr wahrscheinliche – Wind von Nordost nicht frontal ins Gesicht und somit Augen, Mund und Nase weht.

Auch an eine kleine Abkürzung habe ich gedacht. Wir können am Hotel Riu Palace starten, aber auch in der Nähe der Kasbah. Das wäre der weitere Weg. „Nein, wenn, dann gehen wir auch die volle Runde!" entrüstet sich meine sportliche Schwägerin.

So machen wir zwei abenteuerlustigen Frauen uns auf den Weg zum Kasbah-Center, gespannt auf das, was uns erwartet. Wie versprochen, ich mit gemäßigtem Schritt bergan, und dann Richtung Einkaufs- und Vergnügungszentrum Kasbah.

Am Templo Ecumenico – der Kirche der christlichen Religionen mitten im touristischen Playa del Ingles – schlage ich Waltraud vor, heute statt des Kirchgangs besinnliche und meditativ-kontemplative Andachtsminuten auf unserem Strandgang einzulegen.

Und dann liegt er vor uns, der weite Strand mit den traumhaften Dünen – den Dunas von Maspalomas: Sonnenliege an Sonnenliege, Sonnenschirm an Sonnenschirm und dazwischen ein Gekrabbel wie von Ameisen. Amüsiert betrachte ich das verblüffte Gesicht meiner Schwägerin: „Da staunst du, was? Dann mal auf zum Meditieren!"

Schnell erreichen wir gut gelaunt das Meer. Meine Schwägerin hängt ihre schicken Sandalen an ihre „Mandarina Duck"-Gürteltasche, meine verschmutzten Kaufhaus-Galoschen nehme ich lieber in die Hand.

Es ist herrlich, wie das grünlich schimmernde Wasser des Atlantiks unsere Füße umspült und uns auf wunderbare Weise erfrischt. Wir möchten die ganze Welt umarmen.

„Roty, ist das schön!", begeistert sich meine Begleiterin immer und immer wieder. Ich kann ihr nicht widersprechen.

So marschieren wir mit unendlich vielen anderen durch den seicht plätschernden Wassersaum, vorbei an einer Armada von Sonnenanbetern. Und was sich einem dort bietet, verschlägt uns weitgereisten und weltgewandten Frauen dann doch glatt die Sprache.

Wir schlendern vorbei an illustren Menschenmassen, die – bei den obwaltenden Temperaturen kann man das ja verstehen – vorwiegend sehr, die Betonung liegt auf sehr, leicht oder gar nicht bekleideten Menschen.

Hibbeline ist für unseren Strandgang sportlich elegant gekleidet, mit schicker Radlerhose und dazu sportlich schickem Oberteil. Ich dagegen mit meinem unvermeidlichen Spielhöschen und, wie kann es anders sein, gestreiftem Sonnentop.

Die Menschen, die wir sehen, sind barbusig, Männer mit winzigen Stofffetzen vor ihrer offenbar noch winzigeren Männlichkeit und Kordel in der Ritze. Andere sind nackig, wie der liebe Gott sie (wohl in Eile) schuf.

Es gibt aber auch Spießer. Die sind einfach nur zweckmäßig bequem und leicht bekleidet – wie Hibbel und ich. Wir sind übrigens hier bekennende Spießer.

„Guck mal, Roty, der Opa mit dem neongrünen String-Tanga. Und da, guck doch bloß die Tante mit dem Atombusen", sprudelt es aus meiner Schwägerin nur so heraus.

Menschen sehen wir, die sind, obwohl keine Schwarzafrikaner, sondern offensichtlich ursprünglich Weiße, so gebräunt, dass es den Augen weh tut. Dafür muss man doch Schmerzensgeld bekommen.

Nach einiger Zeit erreichen wir die Nudistenzone. In friedlicher Eintracht nebeneinander, hintereinander – nein, übereinander stimmt nicht – liegen hier Nackedeis und mehr oder minder bekleidete Menschen, um sich grillen zu lassen.

Staunend ziehen wir mit vielen anderen Wanderern an den Sonnenanbetern vorbei. Hibbel fällt es zuerst auf:

„Roty, hast eigentlich auch schon gemerkt, je mehr die Busen und Bäuche hängen, umso mehr zieht es auch die Mundwinkel herunter!"

Ja, es stimmt. Mein Auge, schnell geschult für diese das Weltbild verändernde Erkenntnis, sieht es jetzt auch. Dort die kleine Tante, ebenso breit wie groß, hat das Oberteil ihres Badeanzuges bis unter den Bauchnabel gerollt und damit ihre schlaffe Hängetittulatur für jeden freigelegt. Kein schöner Anblick. Ich lasse den Blick nach oben wandern und schaue in das Gesicht, beziehungsweise auf den Mund. Ja, sie kann mühelos ihre Mundwinkel bis an den Busen hängen lassen.

Und so marschieren unendlich viele Geschlechtsgenossinnen mit hängenden Mundwinkeln und ebensolchen Busen neben uns oder kommen uns entgegen. Ebenso viele Adonisse mit hängenden Bierbäuchen. Was darunter bammelt, möchte ich nicht näher beschreiben. Aber wenn man ins Gesicht schaut: die Mundwinkel hängen mindestens am Kinn. Obwohl, jetzt schwindele ich ein bisschen. Einige dieser Herren scheinen zuhause keine Spiegel zu haben und legen – sich ihrer Lächerlichkeit nicht im Mindesten bewusst – obendrein noch ein regelrechtes Balzgehabe an den Tag. Tausende wandern aber auch nur wie wir am Strand entlang.

Wir sehen Schniedels, über deren öffentliche Zurschaustellung wir nur staunen können. Mein Blick bleibt an einem besonders hageren Strandbesucher haften. Ein offensichtlich sehr vernünftiger Urlauber, der seinen asketischen Körper aus berechtigter Sorge um die Kraft der Sonne zwar klug mit einem langärmeligen weißen T-Shirt schützt, aber ansonsten bleibt, wie der liebe Gott ihn schuf: nacktärschlich. Man ist schließlich am Nudistenstrand… Und ich traue meinen Augen nicht. An seiner Veganer-Gurke glitzert auch noch Intimschmuck.

Unauffällig will ich meine Schwägerin auf meine Beobachtung aufmerksam machen. Wir bewegen uns schließlich am Strand entlang, und da kann man schlecht stehen bleiben, mit dem Finger auf eine Entdeckung zeigen und sagen: „Boah, guck mal!"

Aber auch dazu würde Hibbel mir im Moment keine Gelegenheit geben. Sie hat ebenfalls eine sensationelle Entdeckung gemacht. Mit geöffnetem Mund blickt sie in die entgegengesetzte Richtung, kann das Gesehene kaum glauben, den Blick kaum von ihrer Entdeckung abwenden, muss aber genau wie ich weiterziehen und würde mir ihre Beobachtung doch so gerne zeigen.

„Roty, hast du den Juden gesehen?" Nein, habe ich nicht. Ich war ja auch mit anderen Beobachtungen beschäftigt. Die Frage, wie sie ihn erkannt hat, verkneife ich mir: Trug er etwa ein Käppi, eine Kippa, auf dem Kopf (oder anderswo)? Schade, dass wir einander unsere Beobachtungen nicht zeigen konnten!

Aber wir erreichen nun einen anderen Strandbereich, nicht durch Beschilderung entsprechend ausgewiesen, aber unserem geschulten Auge doch sofort auffallend: Wir sind am Strand dieser schönen Männer, die stets im Doppelpack auftreten. Ohne Hängebauch, dafür mit Knackarsch, aber hallo!

Einer dieser hach so wohl gebauten Geschöpfe Gottes bearbeitet seinen Partner liebevoll allseitig mit Sonnenöl. Gleich nebenan teilen sich zwei verliebt ein klitzekleines Strandlaken, dahinter himmeln zwei auf Bastmatten einander an und erzählen sich offensichtlich von den schönen Dingen des Lebens.

Und da steht einer neben der Sonnenliege seines Begleiters mit einem Körper, der ganz offensichtlich nicht nur Frauen die Sprache verschlägt: nahtlos braun und – hach – herausfordernd kokett mit Hüftschwung. Ja, wirklich, der kann den Hüftschwung tatsächlich im Stehen. Von so einem können selbst Heidi Klums weibliche Schützlinge noch einiges lernen.

Ganz selbstverständlich sonnen sich in diesem Strandbereich auch Hetero-Pärchen, Bekleidete neben Nackedeis. Alles sehr offen und ungezwungen – und wir Zwei mitten drin.

Auf unserem Fußmarsch machen wir eine weitere außergewöhnliche Entdeckung. Können auch Bauwerke wandern? Der Faro-Leuchtturm von Maspalomas wechselt scheinbar seinen Standort, erscheint mal rechts, dann wieder vor uns. Hätten wir doch lieber Sonnenkappen mitnehmen sollen? Alkohol zählte auch nicht zum Proviant!

Des Rätsels Lösung: Der Strand schlägt einen Riesenhaken! Auch das berühmte schneeweiße „Riu Palace"-Hotel rückt nicht näher, entfernt sich aber auch nicht. Nur die Perspektive auf den markanten alten Prachtbau ändert sich ein bisschen.

Zusehends verändert sich der Strand, überall Steine, aus denen besonders eifrige Sonnenanbeter regelrechte Burgen gebaut haben. Soll das Windschutz sein? Sichtschutz kommt wohl eher nicht in Frage. Oder grenzt der Urlauber sich hier ab, so nach dem Motto: Hier sonne ich!

Und da, auf einem größeren Stein, sitzen sie: Ewald und Erna Koslowski aus Bottrop. Sie müssen einfach so heißen, denn sie sehen so aus. Beide nicht ganz schlank, aber tiefbraun. Glänzen vom Sonnenöl wie frisch poliert. Nebeneinander thronen sie auf ihrem Handtuch, die Gesichter leicht zur Sonne gerichtet. Ihre Arme liegen auf den Oberschenkeln, Innenseite nach oben. Offensichtlich muss dort noch nachgebräunt werden.

Allmählich nähern wir uns dem Leuchtturm und Ziel unseres Spaziergangs, passieren den Familienstrand von

Maspalomas und erreichen die Einkaufsmeile Paseo del Faro.

Hier müssen wir den glühenden Strand überqueren. Ich mit Riesenschritten, mal wieder ganz Dame, meine arme Schwägerin fürchterlich leidend. Sie hat sich tatsächlich Brandblasen geholt.

Wir landen genau bei „Herrn Pütthoff" an der Restaurant-Meile in der Nähe des Leuchtturms. Aber dafür haben wir nach unserem anderthalbstündigen Marsch keine Augen. Nach kurzer Fußwaschung begeben wir uns auf direkter Route zurück Richtung Las Naranjas. Bis dahin ist es noch eine gute Stunde, und das bei sengender Mittagssonne. Vergeblich suchen wir immer wieder Schatten.

So sind wir froh, als wir endlich zurück bei Schatzi sind und er uns mit zwei Riesen-Mineralwassern verwöhnt. Es zischt nur so, als wir die Gläser mit einem Zug leeren. Hibbel erklärt: „Ich gehe heute keinen Schritt mehr!"

Für mich ein Stichwort. Mir fällt ein, dass wir nicht mehr genug Obst im Haus haben. Also verkünde ich, bevor ich mich groß niederlasse, noch schnell zum Faro-Einkaufszentrum zu laufen. Hibbel entgleiten die Gesichtszüge: „Das ist jetzt nicht dein Ernst! Aber ohne mich!" „Wieso, das ist doch gleich nebenan", entgegne ich und mache mich fröhlich auf den Weg. Dass ich mir in dem Laden ein Eis gekauft und unterwegs genüsslich geleckt habe, ist mein Geheimnis.

Kinder-Disco

Trallala, trallala, trallala... schallte es von der Ferienanlage Duna Flor zu uns herüber. Wenn der Wind günstig oder ungünstig – es kam auf den Zuhörer an – wehte, konnte man am Animationsprogramm der Nachbaranlage akustisch teilnehmen. Über Lautsprecher feuerten die Animateure die Urlauber zu lustigen Spielen, Tänzen oder sonstigem Schabernack an. Kam man dem Geschehen näher, erkannte man, dass kaum eine Handvoll Leute an dem Treiben beteiligt waren. Es schien, als wollten die „Berufslustigen" das mangelnde Interesse durch Lautstärke wettmachen.

Heute, auf meiner Sonnenliege im Las Naranjas, lausche ich. Die Melodie kommt mir irgendwie bekannt vor. Ein deutsches Kinderlied? Nein, ich glaube nicht. Aber ich kenne den Song, da bin ich mir ganz sicher.

Und da fällt es mir ein. Richtig, damals, als wir noch im „Parque Palmeras" wohnten, hatte ich das Lied gehört.

Es war eine wirklich sehr schöne Bungalowanlage, in der wir noch Halbpension gewählt hatten. Unser Häuschen lag ziemlich am Eingang des parkähnlichen Areals. Überall die namensgebenden Palmen.

Nur durch einen Weg getrennt stand unser Feriendomizil nahe dem Pool. Eine etwa 1.60 Meter hohe Hibiskushecke gab uns Schutz vor neugierigen Blicken. Wir aber hatten das Geschehen herrlich unter Kontrolle. Zumindest akustisch.

Auf der anderen Seite des Pools befand sich das Restaurant der Anlage. Halbwegs gestylt nahmen wir hier Frühstück und Abendessen ein.

Die Ausstattung des Gastronomiebereichs war sehr einfach. Monoblockstühle luden vorwiegend an Vierertischen zur Essensaufnahme ein.

Es gab immer etwas zu beobachten. Da war die nicht mehr ganz junge Urlauberin, die zum T-Shirt Leggins in Nylonstrumpf-Qualität trug. Und zwar immer! Die Kombi schien ihr zu gefallen. Die Frau hätte sich von hinten sehen sollen. Die durchsichtigen Leggins verbargen nichts.

Die Trägerin dieses modischen Kleidungsstücks hätte obendrein jeden Buffet-Marathon gewonnen. Immer wieder ging sie an den Speisen vorbei und konnte den Teller anschließend kaum tragen. Sie hatte einen gesegneten Appetit. Okay, die Hälfte der Lebensmittel landete in ihrer Strandtasche, die sie stets dabei hatte. Aber auch so aß sie reichlich und mit sichtbar großem Genuss.

Beim Frühstück traten die Toastscheiben jeweils eine richtige kleine Reise an. Man legte sie auf eine Art Schienensystem und schon ging's los. Nach einiger Zeit erreichte das Brot eine Heizspirale. Und siehe da, es wurde von der Unterseite knusperig braun. Vor Freude machte es einen Purzelbaum und wurde ….naja, wurde von der anderen Seite braun.

Schatzi hatte seine helle Freude. Er aß direkt einige Scheiben Toast mehr, natürlich nur, um die Spazierfahrt immer wieder zu beobachten.

Für hungrige Hotelgäste hieß es, die eigene Toastscheibe nicht aus den Augen zu lassen. Hatte man Pech, schnappte vielleicht ein anderer Gast das Lebensmittel vor der Nase weg. Ich griff da lieber gleich zum Brötchen.

Allabendlich begann ein besonderes Spektakel: Kinderdisco! Die kleinen Besucher des Bungalowhotels strömten mit ihren Eltern zur Bühne neben dem Restaurant.

Animateurinnen, die mittags noch am Pool versucht hatten, Urlauber zum Fitnessprogramm zu bewegen, „Detlef – auffi, auffi – hopp!", tauchten in einem völlig veränderten Outfit auf. Sie trugen durchgehende Clownkostüme. Kunterbunt! Und waren auch so geschminkt.

Pünktlich um 20 Uhr begann die Kinderbelustigung. Eine sehr eingängige Melodie wurde gespielt und gleich darauf von fröhlichem Gesang begleitet. Okay, das mit dem fröhlichen Gesang mutmaßten wir. Es hörte sich für uns zumindest heiter an.

Die Animateurinnen in ihren lustigen Anzügen tanzten vor, die Kinder, die schon einige Tage hier waren, machten begeistert mit. Die Hände zum Himmel, das rechte Bein vor, das linke Bein vor, pantomimisch wurde ein Elefant dargestellt.

Eltern schoben ihre Sprösslinge, die sich noch unsicher umschauten, auf die Showbühne. Einige der Kleinen hielten sich am Rockzipfel der Mami fest. So musste die Mutter unfreiwillig am Kinderprogramm teilnehmen.

Schatzi und ich versäumten an keinem Abend die Kinderdisco. Keine Sorge, ich hatte mich unter Kontrolle und sah nur zu. Obwohl, leise mitgesungen habe ich schon. Auch Schatzi war nicht auf der Bühne zu sehen. Wir begnügten uns, den Kindern zuzuschauen.

Da war die kleine Rothaarige. Die hatte sich doch gestern noch gesträubt. Heute hüpfte sie fröhlich mit. Der kleine Dicke mit dem Sonnenbrand war gestern noch mit Mama auf der Bühne. Heute musste Papa dran glauben. Aber nach einigen Tagen war auch er nicht mehr zu halten.

Wir hatten viel Spaß. Aber dennoch fragte mich mein lieber Mann nach einigen Tagen: „Sag mal, Roty, kann man von den Animateurinnen nicht ein bisschen mehr erwarten? Jeden Abend das gleiche Programm. Die Anlage ist ja auch nicht gerade billig. Ein wenig Abwechslung kann doch nicht schaden." Ich klärte meine bessere Hälfte auf: „Überleg doch mal. Zuerst hören die Kinder nur zu. Sie lernen das Lied und den Tanz allmählich kennen. Nach ein paar Tagen haben sie Sicherheit. Sie tanzen und singen dann fröhlich und selbstbewusst mit. Und die Neuankömmlinge lernen von ihnen. Würden die Lieder und Tänze ständig wechseln, gäbe es nicht diesen Erfolg." Das sah auch Schatzi ein.

Als Kinder- und Jugendpsychotherapeutin konnte ich dieses das Selbstbewusstsein der kleinen Gäste fördernde Konzept der Kinderbelustigung nur begrüßen.

Wir hatten so viel Freude an dem Treiben, dass uns das Lied mehr und mehr interessierte. So fragten wir bei den Animateuren, ob es möglicherweise eine Kassette (CDs waren noch Zukunftsmusik) mit dem Song gab. Ungläubig sah man uns an: „Wieso?"

Ob vielleicht die Kleinen Spaß hätten, das Lied auch zuhause zu hören? Oder eventuell der Oma vorzuspielen und zu tanzen? Nein, auf diese Idee war hier noch niemand gekommen.

Nun, wir hatten zumindest mitbekommen, worum es in dem Lied ging.

„Veo veo que ves una cosita y que costia es
empieza con la „A", que sera, que sera, que sera…

Was sinngemäß heißt: Ich sehe was, was du nicht siehst, dass du eine (kleine) Sache siehst und welche Sache das ist, sie fängt mit „A" an; das könnte sein… „A"lefant…

Aber der „A"lefant ist es nicht, es ist Liebe, es ist Wiedersehen. Und im weiteren Text geht es nicht ums Rathaus, sondern um Emotionen; nicht um Neid, sondern Illusion. Es endet mit F, und F heißt Schluss: Finito, Cha Cha Cha. Ein tiefsinniger Text! Ich glaube nicht, dass die Eltern und Kinder sich dessen bewusst waren.

Gut, den Kleinen und ihren Eltern war es sicher einerlei, um welche Sache es ging. Sie hatten auch so ihre Freude.

Ich aber, als ich die Klänge aus dem „Duna Flour" hörte und die Melodie erkannte, war schon stolz, dass ich wusste, worum es in dem Lied ging.

Die Briefkastentür

Wir leben im IT-Zeitalter. Auch Schatzi und ich möchten uns nicht abhängen lassen und haben seit geraumer Zeit Smartphones.

Heute wird bei Herrn Pütthoff das Foto gemacht und per WhatsApp an Freunde und Verwandte geschickt: „Wir sitzen beim Abendessen mit Blick auf den Atlantik. Haben zur Feier des Tages Knoblauchsuppe und danach Zackenbarsch bestellt. LG." Vielleicht noch schnell den Sonnenuntergang im Bild festhalten und hinterherschicken.

Das war nicht immer so. Früher waren wir tagelang damit beschäftigt, die jeweils passenden Ansichtskarten für Freunde und Verwandte auszusuchen.

So bekam meine Freundin Anne immer die kitschigste Karte, die wir fanden. Aus Spanien gerne die Flamencotänzerin mit aufgeklebter Rüsche. Es war immer Schatzis Aufgabe, die Karten zu schreiben.

Zu den Urlaubsgrüßen an Anne gesellte sich immer auch ein besonderer Gruß an den Briefträger. Meine Freundin hatte einmal beobachtet, wie er eine dieser geschmackvollen Grußkarten an der Gartentür sehr interessiert las.

An liebe Freunde – ehemalige Nachbarn – hatte Schatzi aus einem Kreta-Urlaub einmal die gesamte Speisekarte in griechischen Buchstaben abgeschrieben. Er war sehr lange damit beschäftigt, nach getaner Arbeit aber ziemlich stolz auf sein Werk. Nun gut, wir konnten anschließend selber nicht lesen, was wir unseren Freunden geschrieben hatten. Aber der Spaß war es uns wert. Wir hatten dabei nur nicht bedacht, dass die Putzhilfe der Adressaten aus Griechenland stammte.

Beliebt waren auch Ansichtskarten mit Häuser-Ruinen. Schatzi teilte den Empfängern dieser Post immer fröhlich mit, dass auf der Abbildung unsere Unterkunft zu sehen sei. Meist folgte eine kurze Beschreibung der Zimmeraufteilung.

Da fällt mir ein Urlaub auf Gran Canaria vor einigen Jahren ein. Wir wohnten in unserer Lieblingsanlage Las Naranjas. Urlaubskarten hatte Schatzi noch nicht geschrieben.

Heute waren wir auf dem Weg zum Riesensupermarkt „Eurospar" in San Fernando im Norden von Playa del Ingles. Großeinkauf stand auf dem Programm.

Unser Spaziergang führte uns am Parque Palmeras, der schönen Ferienanlage, in der wir vor längerer Zeit Urlaub gemacht hatten, vorbei.

Schatzi musste regelmäßig überprüfen, ob es in den Anlagen, in denen wir bereits waren, Veränderungen gegeben hatte. „Roty, wenn wir am Parque Palmeras sind, müssen wir schauen, wie hoch die Hibiskushecken sind. Und ob sich was verändert hat." „Selbstverständlich machen wir das", entgegnete ich. Wusste ich doch: Widerspruch ist zwecklos.

Als wir uns aber dem Ziel unseres Zwischenstopps näherten, erlebten wir eine herbe Überraschung. Der Eingang war mit Bauzäunen verrammelt, Betreten verboten und ohnehin unmöglich.

„Das darf doch nicht wahr sein", entrüstete sich Schatzi. Eine Großrenovierung wurde in der Anlage vorgenommen. Sie bot so ideale Voraussetzungen für Fotos auf Grußkarten: „Hier wohnen wir! Der mit dem Kreuzchen ist unser Bungalow."

Türen und Fenster herausgerissen, das war auch von außen sichtbar.

Schatzi und ich sahen uns betreten an. Sollte etwa... Es war Saisonende. Wir nutzen immer die preisgünstige Zeit.

Vor einem Vierteljahr war der Verwaltungsdirektor der Klinik, in der ich arbeite, mit seiner Frau Gast in eben dieser Anlage.

Sie kannten Gran Canaria noch nicht und hatten eine Glücksreise gebucht. Fortuna führte sie direkt ins „Parque Palmeras".

Der Urlaub und insbesondere die Insel gefielen beiden sehr. Wegen des großen Erfolges hatte mein Chef gleich in Puerto Rico Anteile eines Appartements einer Timesharing-Anlage erworben. Und war sehr stolz darauf. Eine sehr nette junge Französin, „Zufallsbekanntschaft", hatte ihm zu diesem Superangebot verholfen.

Nun standen wir vor dieser ehemals so schönen Ferienanlage. Der auf Verschleiß bedachte Umgang mit Unterkunft und Inventar mancher Feriengäste war uns schon häufiger aufgefallen. Wir konnten uns so herrlich darüber aufregen.

Aber dass mein Chef mit seiner Frau im Parque Palmeras so gewütet hatte, dass eine Großrenovierung notwendig war, konnte ich nicht glauben. Man weiß es aber nicht!

Schatzi und ich setzen unseren Weg also ohne Kontrollgang fort und erledigten unseren Einkauf. Auf dem Rückweg erwarben wir einige Ansichtskarten, die am Nachmittag geschrieben wurden. Aus Erfahrung wissen wir, dass Post sehr lange unterwegs ist. Manchmal geht sie auch schlicht verloren.

An der Rezeption des Las Naranjas befindet sich zwar ein Briefkasten, wir wollten die Karten aber lieber in einen öffentlichen werfen.

Am Abend bummelten wir noch zum nahen Einkaufszentrum Faro II. Schatzi wollte hier nach einer „Letterbox" Ausschau halten.

So gingen wir gemütlich den äußeren Weg der kreisförmig gebauten Geschäfte der spiralförmig nach oben führte. Einen Briefkasten konnten wir aber nicht entdecken. Da im äußeren Bereich die Schaufenster von vielen Geschäften waren, gab es viel zu sehen. Außerdem ging es an einigen Restaurants vorbei. Überall hielt man uns eilfertig die Speisekarte entgegen. Wir aber hatten schon zuhause gegessen.

Den Abgang machten wir genauso spiralförmig auf dem inneren Weg der Geschäfte, Restaurants und Bars. Aber auch hier konnten wir die Karten nicht einwerfen.

Doch in Schatzi war der Forschergeist erwacht. Unten angelangt meinte er: „Hier muss ein Briefkasten sein. Da bin ich mir ganz sicher."

Also ging's den äußeren Weg wieder hinauf. Vorbei am Eiscafe. Vorbei am chinesischen Restaurant.

Diesmal guckte Schatzi ganz genau. Und wurde fündig. Er entdeckte eine gelbe Tür – gelb ist auch auf Gran Canaria die Farbe der Post, hier „correos". Noch ehe ich ihn hindern konnte, öffnete er besagte Tür und kroch halb hinein. Auch mein Veto: „Das ist doch nie und nimmer ein Briefkasten", ignorierte er. „Das kann gut sein, dass er hier ist", entgegnete er entrüstet.

Sein Unterfangen blieb den Chinesen im benachbarten Restaurant nicht verborgen. Eine junge Frau eilte herbei und sprach Schatzi an. Der indes ließ sich nicht beirren. So packte die Asiatin meinen verdutzten Gatten am Ärmel und zog ihn fast zurück auf den Weg. In uns unverständlicher Sprache redete sie auf Schatzi ein. Der erklärte ihr, dass er sie nicht verstehe.

Daraufhin fragte sie: „Was suchen Sie dolt?" Er antwortete wahrheitsgemäß: „Einen Briefkasten, Letterbox, cartabuón." Wie zum Beweis hielt er der verdutzten Frau seine Ansichtskarten entgegen.

Obwohl man ihr ansah, dass sie glaubte: ‚Der spinnt doch!' erklärte sie uns, wo wir die Karten entwerfen konnten. „Am Supelmalkt, gegenübel del Lolltleppe ist Bliefkasten", klärte sie uns auf. Und nicht in ihrem Vorratskeller...

Und wirklich! Leuchtend gelb, schmiedeeisern, rund stand er da. Nahezu täglich gingen wir bei unseren Einkäufen in dem kleinen Laden daran vorbei. Lachend über unsere eigene Dummheit warfen wir die Post ein. Schatzi triumphierte: „Ich wusste es doch!"

Kuli-Grüße

Schatzis Vetter Sepp reist auch sehr gern. Er ist ein fleißiger Kartenschreiber und bedenkt uns mit Grüßen aus aller Welt. Vor einigen Jahren aber passierte es. Sepp war mit seiner Frau Klara für einige Wochen auf Gran Canaria. Sie hatten ein Appartement in der Nähe vom Parque Palmeras gemietet.

Es war die Zeit, in der wir zwar schon eine E-Mail-Adresse hatten, von einem Smartphone waren wir aber noch weit entfernt.

Schatzi überprüfte zuhause seine elektronische Post, in der Regel berufliche Angelegenheiten. Er rief mich in sein Arbeitszimmer. „Roty, das darf doch nicht wahr sein", entrüstete er sich, „der Sepp schickt uns von Gran Canaria eine Mail mit lieben Grüßen. Und hier, im Anhang, eine Ansichtskarte von seiner Unterkunft. Und hier, die Krönung, da schreibt er auch noch: Von meinem I-Phone gesendet. Der Sepp hat doch sonst immer so schöne Karten geschrieben."

Aus unserem nächsten Urlaub schrieb Schatzi, wie immer, auch an Sepp und seine Frau eine Karte. Im Nachsatz fügte er an: Von meinem Kugelschreiber geschrieben.

In unserem Umfeld gab es zu diesem Zeitpunkt einen Umbruch. Meine Schwester Emmy war stolze Besitzerin eines I-Pads, mehr und mehr Verwandte und Freunde verfügten über Smartphones. Fröhlich schickten sie Urlaubsfotos und –grüße an unsere E-Mail-Adresse. Und immer wieder dieser alberne Nachsatz: Von meinem I-Phone gesendet! Oder: Von meinem I-Pad gesendet! So eine Angeberei. Darauf angesprochen gaben sich alle unschuldig. Schatzi quittierte diese Aufschneiderei bei zukünftiger Urlaubspost auch bei ihnen mit dem Nachsatz: Von meinem Kugelschreiber geschrieben.

Doch wie bereits erwähnt, auch wir möchten uns nicht abhängen lassen. So haben wir inzwischen Smartphones und schicken aus unseren Urlauben WhatsApp-Nachrichten an Freunde und Verwandte. Natürlich mit Fotos. Die lieben Daheimgebliebenen, die nicht bei WhatsApp sind bekommen eine E-Mail, mit Fotos im Anhang. Und was im Nachtrag steht, ist uns ziemlich egal.

Der Clown

Donnerstag. Heute werden wir nicht zuhause – also im Las Naranjas – zu Abend essen. Nein, wir haben uns vorgenommen, in Playa del Ingles am Paseo Maritimo mit herrlichem Blick auf das Meer und den Sonnenuntergang zu speisen. Ich weiß auch schon genau, was ich bestellen werde: Knoblauchsuppe, hmm!

Frohen Mutes machen wir uns auf den Weg, Schatzi und ich, zur Feier des Tages aufgebrezelt. Schatzi in seinem Lieblingshemd, und ich muss gestehen, auch in meinem. Wie er das so trägt!

Schwarzgrundig, mit Aufdrucken von Delphinen in allen Farben, die die Palette nur so hergibt. Es passt so wundervoll zu diesem herrlichen sonnigen frühen Urlaubsabend und unserer Vorfreude auf das „lecker Essen".

Es ist derselbe Weg, den ich nur wenige Tage zuvor mit Waltraud zum Strand der Nackedeis und diesen unglaublichen Anblicken gemacht habe. Nein, ich hoffe nicht im Stillen, wieder so viele Schniedies zu sehen, heute möchte ich lecker essen.

Zuerst geht es an Souvenirgeschäften vorbei, dann erreichen wir mit knurrendem Magen die Restaurants. Aber wir suchen eine ganz bestimmte Lokalität, in der ich früher schon einmal eine so leckere Knoblauchsuppe gegessen habe.

Am Nachbartisch servierte man einen verdammt gut aussehenden Krabbencocktail. Wir erinnern uns noch sehr gut an den letzten Besuch dort. Und das hat einen besonderen Grund.

Im Restaurant verspürte ich ein menschliches Bedürfnis. Nach dem entsprechenden Örtchen gefragt, wies der Ober auf die Wand zur Linken, im inneren Teil des Lokals. Wir saßen natürlich draußen, unter der Markise.

Ich blickte die Holzvertäfelung an dieser Wand an, näherte mich vorsichtig. Wollte der mich vernatzen? Wo sollte denn hier ein WC sein? Und dann sah ich sie, die Schranktür, ja, ganz eindeutig eine Schranktür! Und darauf ebenfalls ganz eindeutig das Schild: WC, dazu Metallfiguren, die zweifelsfrei eine weibliche und eine männliche Person darstellen sollten.

Vorsichtig schaute ich mich um. Konnte ich mich trauen, diesen Schrank zu öffnen? Was erwartete mich hinter der Tür? Misstrauisch, aber in Anbetracht meiner sich beunruhigend dringlich meldenden Blase, nahm ich meinen Mut zusammen, betätigte die Schranktürklinke, zog die Tür auf.

Meinem staunenden Auge bot sich wirklich ein WC. Noch im Lokal stehend befand ich mich unmittelbar vor der Toilettenschüssel. Der Not gehorchend betrat ich die winzige Kammer...

Nun sind wir erneut auf der Suche nach eben dieser Örtlichkeit, Quatsch, ich muss nicht schon wieder zur Toilette. Im Gegenteil, das möchte ich eigentlich eher vermeiden. Nein, wir suchen das Lokal mit der leckeren Knoblauchsuppe.

Wir schlendern die Zeile mit den Restaurants entlang, und überall kommen uns sofort diensteifrige „Anbaggerer" entgegen. „Du essen heute bei uns leckere Tapas. Guck, schöner Tisch in spanisch Restaurant. Ich Dir geben Discount zehn Prozent." Freundlich, aber zunehmend bestimmt lehnen wir ab.

Schatzi, Herr der Lage, erklärt immer wieder: „Morgen, wir kommen morgen…" und sammelt dabei ein ganzes Dutzend Visitenkarten. Die Anbaggerer können ganz schön lästig werden, aber in Anbetracht der vielen leeren Tische können wir sie gut verstehen. Trotzdem suchen wir unser Lokal mit dem Schrank-Klo.

Nach einiger Zeit erreichen wir das Ende der Restaurantmeile, ohne unser Ziel entdeckt zu haben. Ratlos schauen wir uns an. „Das war wohl nichts", meint Schatzi „aber am besten war noch das Ristorante Roma, das sah auch sauber aus." Also Wende-Kehrt, wieder vorbei an den Anbaggerern.

Inzwischen verspüre ich ziemlichen Hunger. Ich möchte endlich meine Knoblauchsuppe und dabei den herrlichen Blick auf den Atlantik genießen.

Im Roma suchen wir uns ein wunderschönes freies Plätzchen, direkt in der Außenreihe am durchsichtigen Windschutz und lassen uns die Karte reichen. Dabei schweift mein Blick verträumt nach draußen, Richtung Strand – und sehe in dichte Büsche anstelle von Strand.

In diesem Bereich wachsen prächtige grüne Strandsträucher. Ein rascher Blick genügt, um festzustellen, auch ein Platzwechsel nützt nichts. Üppig wuchert es neben den Tischen des Ristorante Roma. Nix Meerblick!

Mein Günther, auf diesen Umstand aufmerksam gemacht, kann das nur mit „Schitte!" kommentieren, aber wir lassen uns den Abend auf keinem Fall vermiesen.

Deshalb schenken wir unsere Aufmerksamkeit nun im vollen Umfang der Karte, denn inzwischen knurren unsere Mägen. Unter Suppen steht dann: Tomatensuppe, Minestrone, Tortellini-Zitronensuppe…, aber nichts von Knoblauchsuppe. Was uns plötzlich nicht mehr wundert. Heißt dieses Lokal doch „Ristorante Roma". Wir Volltrottel sind auf Gran Canaria beim Italiener gelandet, so blöd kann man doch nicht sein!

Die Karte gibt auch nicht unbedingt das her, was ich suche. Oder doch? Versöhnlich stimmen mich dann ein Knoblauchbrot und die köstlichen Pimientos, in Öl gebratene und mit Meersalz bestreute kleine grüne Paprikaschoten, die es dann zum Glück auch beim Italiener gibt. Meine Seezunge schmeckt hervorragend, und Schatzi bestellt sich beim Italiener auf Gran Canaria ein Jägerschnitzel mit Pommes. Aber darauf kommt es jetzt auch nicht mehr an.

Man sitzt hier im Übrigen ganz nett, kann seinen Blick auf die vorbeiflanierenden Menschen konzentrieren. Braungebrannte Urlauber, manche über und über so tätowiert, dass es die Augen schmerzt.

Und dann entdecke ich einen Mann – nein, der kann nicht alle Tassen im Schrank haben. Um den Mund weiß geschminkt wie ein Clown, und zu einem hellgrünen T-Shirt trägt er Trainingshosen.

In dem Moment, in dem ich ihn entdecke, zieht er die Hose ungefähr bis unter seine Achseln und hüpft gleichzeitig kurz in die Luft, wobei er einen Fuß nach vorn und den anderen nach hinten wirft. Daraufhin schlendert er bis zum Ende der Tischreihen unseres Lokals, macht eine schnelle Wende und geht zurück.

Was ist das für ein halbfertiger Clown? Er verändert jetzt plötzlich seinen Gang, rennt ein Stück, zieht seine Hose wieder hoch und hüpft erneut. Am anderen Ende des Restaurantbereichs macht er wieder auf dem Absatz kehrt.

Jetzt geht er sehr dicht hinter einem Mann her. Er schüttelt sich einmal kurz, nimmt plötzlich eine völlig andere Haltung und einen anderen Gang an. Schiebt die Schulter zurück und das Kinn vor und ist mit einem Mal das Ebenbild des verfolgten Mannes. Dieser schaut stutzig geworden erst auf seinen Verfolger, dann zur Seite. Im gleichen Tempo schaut auch der Clown zur Seite. Der Herr bleibt stehen, auch sein Double verharrt, doch als der Mann seinen Weg fortsetzt, wird er sofort wieder verfolgt. Am Ende des Restaurantbereichs lässt der Komiker sein Opfer ziehen, um sich gleich das nächste zu suchen.

Pärchen kommen vorbei, bei denen der Mann zärtlich den Arm um die Frau legt. Der Clown legt seinen Arm gleichermaßen um den Mann und lehnt den Kopf an dessen Schulter. Der Komiker ist einfach klasse, und plötzlich merke ich, dass auch die anderen Gäste des Lokals vor Lachen fast unter den Tischen liegen.

Dann kommen ein Mann und eine Frau vorbei, die Frau schaut ins Lokal und geht dann etwa drei Schritte hinter ihrem Partner her. Nun passiert das Schärfste. Der Clown mit leicht angewinkelten Knien – vermutlich, damit er kleiner ist – verfolgt den Mann und reicht ihm von hinten seine Hand. In vertrauter Eintracht marschieren nun beide an den im Lokal vor Lachen brüllenden Gästen vorbei. Als der so auf die Rolle Genommene sich nach einigen – nicht gerade wenigen – Schritten zu seiner Begleiterin umdreht, entsteht der Eindruck, dass er die von ihm getätschelte Hand so weit wie möglich fortwerfen möchte.

So speisen wir zwar keine leckere Knoblauchsuppe, haben aber unendlich viel Spaß. Der Clown, der anschließend mit einem kleinen Söckchen durch die Tischreihen des Lokals zieht, bekommt natürlich auch von uns seinen wohlverdienten Euro. Wir haben lange nicht so gelacht und uns fast in die Hosen gemacht.

Das ist das Stichwort, ein Schrank-Klo gibt es auch in diesem Wirtshaus nicht!

Die Gartenbobos

Zu unserem Urlaubsparadies – und auch deshalb lieben wir diese Ferienanlage so – gehört eine relativ große Wiese, eingefasst mit einer herrlichen Hibiskushecke. Kaum fünf Zentimeter große Piepmätze, die wir aus der Heimat nicht kennen, hüpfen unermüdlich in ihr auf Nahrungssuche umher. Ohne Angst, oft so nah, dass man sie anfassen könnte.

Die Anlage ist älter, so weitläufig wird in Maspalomas schon lange nicht mehr gebaut. Klar, dass dieser wundervolle, parkähnliche Garten gepflegt werden muss. Und so traben dann auch von montags bis freitags ab morgens neun Uhr bis zum frühen Nachmittag die Gartenbobos, wie wir sie nennen, in ihren grünen Leibchen an. Die Leibchen – wie an anderer Stelle bereits erklärt, könnte man sie auch T-Shirts nennen – sind geschmückt mit dem Aufdruck „Jesús Jardines y Piscinas horticulafura". Und dieses Geschwader hegt und pflegt mit liebevoller Hand die Gartenanlage.

Arbeitsbeginn dieser Truppe ist unzweifelhaft am morgendlichen „Rapptapp-rapptapp-rapptapp" zu erkennen, und der Profi – wie ich – weiß, jetzt werden die Müllcontainer in Stellung gebracht. Danach erfolgt in der Regel eine ausführliche Begutachtung des Objekts samt lautstarker und gestenreicher Absprache des geplanten Vorhabens.

Und dann geht's los: Da wird dann die dieselbetriebene Heckenschere – dem Geräusch nach eher eine Motorsäge – in Anschlag gebracht und von Bungalow achtzehn bis sechsundzwanzig fällt die wunderschöne Hibiskushecke. Mit ihr fallen die wunderschönen roten Blüten. Die Hecke wird zwar nicht dem Erdboden gleichgemacht, aber viel mehr als fünfzig Zentimeter bleiben nicht übrig.

Die sollen es bloß nicht wagen, zu uns zu kommen! Unsere Hecke ist zurzeit etwa 1,60 Meter hoch, und man kann sich so herrlich dahinter verkriechen. Zum Glück kann man keine Planmäßigkeit bei den gärtnerischen Aktionen erkennen, und schnell ist die Maßnahme „Hecke schneiden" auch wieder beendet.

Nachdem die Horrortruppe in der Vergangenheit mit einem höllischen Motormäher von Garten zu Garten gezogen war, verfügt sie jetzt über einen nicht minder höllischen Aufsitzmäher.

Die Gärtner sind nicht eben unfreundlich, aber übermäßige Freundlichkeit kann man ihnen auch nicht vorwerfen. Kritisch wird es nur, wenn sie mit einem fröhlichen „Hola" vorbeikommen. Das heißt dann so viel wie: „Wir möchten bei euch mähen, verpfeift euch von der Wiese!" und für uns: Flucht vor knatternden und stinkenden Rasenmähern. Wenn sich uns die Truppe nähert, versuchen wir umgekehrt – mit mehr oder weniger großem Erfolg –, die Bobos durch böses Gucken oder auch Ignorieren in die Flucht zu schlagen. Doch irgendwann können wir den Aufsitzmäher auf unserer Wiese nicht mehr verhindern.

Die Zeiten mit dem Schieberasenmäher scheinen hier im Las Naranjas endgültig vorbei zu sein.

Hatte ich eigentlich schon erwähnt, dass wir als Urlaubsprofis schon einige Anlagen auf der Insel kennen gelernt haben? Das „Happy Sun" etwa. Unbeschreiblich schön, mit wundervollem Garten. Auch dort natürlich ständig Gartenbobos unterwegs. In grünen Baumwollanzügen. Die Aufgabenverteilung allerdings völlig anders organisiert, oder vielleicht auch einfach nur organisiert.

In eben dieser Bungalowanlage war ein Gärtner ständig damit beschäftigt, die verschiedenen Rasenflächen zu mähen. Der uralte Benzin-Rasenmäher, den der ziemlich klein geratene Mann, er war nicht mehr als 1,50 Meter groß, aber stets gut gelaunt, machte einen Höllenlärm. Da sind Aufsitz- und Schieberasenmäher im Las Naranjas Flüstergeräte.

Dieser kleine Mann musste sich heftig recken, damit er an die Schubstange des Rasenmähers kam. Aber fröhlich, immer eine Zigarre im Mund, drehte er seine lärmbegleiteten, höllischen Kurven durch die Feriengärten. Wir hatten ihn richtig ein bisschen lieb. Ich musste jetzt einfach ein wenig ausschweifen.

Zurück zu unseren Freunden in ihren grünen Leibchen. Sie näherten sich seit ein paar Tagen bedrohlich mit ihrer neuen Errungenschaft, dem Rasentraktor, unserem Urlaubsdomizil. Nicht, dass man einen Plan bei ihrem Handeln erkennen könnte. Sie schneiden heute hier die Hälfte einer Rasenfläche, machen morgen an völlig anderer Stelle weiter. So, wie es ihnen gerade beliebt.

An diesem Morgen wurde es dann doch schon sehr bedrohlich. Als sie auf dem gegenüberliegenden Grundstück arbeiteten, war ich nicht nur in eine Diesel- sondern auch in eine Staubwolke gehüllt. Ich musste schnellsten auf die Terrasse flüchten. Nunmehr ging es schräg gegenüber weiter. Gab es etwa doch einen Plan? Dann waren wir in absehbarer Zeit dran.

Doch plötzlich Ruhe. Nahezu gespenstische Ruhe. Die Höllenmaschine schwieg. Was war geschehen? Beim Blick über die – zum Glück nicht gestutzte – Hibiskushecke sah ich das Gartenmännchen in der hintersten Grundstücksecke auf seinem nunmehr schweigenden Rasenmäher sitzen. Zigarettenpause, schoss es mir messerscharf durch den Kopf, und ich stellte mich mental darauf ein, dass der Höllenlärm in wenigen Minuten fortgesetzt wurde. Aber nichts dergleichen. Bis zur wohlverdienten Mittagspause blieb das Gartenmännlein in dem Verpisser-Eckchen auf dem schweigenden Rasenmäher sitzen.

Für eine kurze Zeit vergaß ich die Bedrohung sogar, räkelte mich auf meiner Liege, erledigte einen kurzen Einkauf im Mini-Markt der Anlage.

Wenig später, wieder auf der Liege, wurde ich erneut aufgeschreckt. Nein, nicht etwa durch erneutes Rasenmäher-Geknatter. Nein, durch spanisches Stimmengewirr. Eine ganze Horde spanischer Gartenknechte war nunmehr im Verpisser-Eckchen angetreten. Nach etwa halb-stündigem Betrachten und Besprechen der Lage schoben sie – ich traute meinen Augen nicht, sah aber richtig – mit vereinten Kräften den Aufsitzmäher an unserem Grundstück vorbei.

Meine Blicke suchten Schatzi, doch der guckte nur fröhlich pfeifend und mit hämischem Grinsen zum Himmel. „Schatzi, das darf doch nicht wahr sein", wandte ich mich an meine bessere Hälfte. Der jedoch behauptete mit Unschuldsmine: „Ich hab nix gemacht!" Manchmal fällt man ganz aus Versehen mit der Hand auf den Verteilerkopf des Rasenmähers. Da kann man doch wirklich nichts zu.

Spanische Sprinkler

Grüne Wiesen, blühende Hibiskushecken, Oleanderbüsche, Palmen im Wind, diese Pracht muss – wie erwähnt – gepflegt aber vor allem gegossen werden. Ohne ausreichende Bewässerung würde sich alles schnell in eine dürre, vertrocknete Einöde verwandeln.

Es werden nicht nur die Hotel- und Ferienanlagen, sondern auch die Bäume, Blumen und Büsche am Wegesrand regelmäßig gewässert.

So unterschiedlich wie Arbeitsweise und Organisation bei den verschiedenen Landschaftsgärtnern, so unterschiedlich sind auch die Bewässerungssysteme.

In einigen Anlagen wird heimlich, still und leise für die Wasserzufuhr der Pflanzen gesorgt. Ein Rasenmäher war im „Diamond Golf" – einer einfachen, aber sehr schönen Bungalowanlage, die wir in früheren Zeiten mit zahlreichen Besuchen beehrten – zwar nicht notwendig. Auf den Flächen zwischen den Häusern wuchs nämlich kein Rasen, dort lag Vulkangestein. Aber darin standen üppige Pflanzen. Diese wurden natürlich gegossen, aber davon haben wir nie etwas mitbekommen.

Ganz anders war es im Happy-Club! Überall Rasenflächen, die nicht nur gemäht, sondern auch gewässert werden wollten.

Allerorts in der weitläufigen, parkähnlichen Anlage waren Sprinkleranlagen. In den frühen Abendstunden nahmen diese ihren Dienst auf, und zwar nacheinander. Jäh und unvermittelt rotierten diese kleinen Rasensprenger am Weg und verteilten ihr kühles Nass großzügig in weitem Umkreis.

War der Urlauber – so wie wir – gestylt auf dem Weg zum Abendessen, so sah er sich plötzlich von einem Wasserangriff konfrontiert.

Aber damit nicht genug. Sah man sich nach einem Fluchtweg um, verteilte auch dort ein Sprenger in schönen Kreisen seinen seichten Regen. Es war dann eine Frage des Mutes und der Geschwindigkeit, ob man ohne unfreiwillige Dusche den Weg zum Abendessen fortsetzen konnte.

Im Las Naranjas bewässern schwarze Schläuche mit feinen Öffnungen, die parallel zu den Hibiskushecken, an Oleanderbüschen, Flamboyans, Palmen und den anderen Pflanzen des Gartens liegen, gleichmäßig die Pflanzen. Still und meist unbemerkt erledigen sie ihre Aufgaben.

Da aber auch die herrlichen Liegewiesen nicht zuletzt wegen des wunderbaren Wetters großen Durst verspüren, sind auch in diesen Rasenflächen überall Beregnungsdüsen eingelassen.

Wenn man sich gemütlich auf der Sonnenliege räkelt, kann es durchaus passieren, dass unerwartet unter oder neben der Liege ein bedrohliches Blubbern zu hören ist. In solchen Situationen muss man durchaus damit rechnen, dass plötzlich und unvermittelt im nächsten Moment weiträumig das Terrain besprizt wird. Auch auf zwei Meter hohe Fontänen, die neben der Liege aus dem Rasen schießen, muss man gefasst sein. So heißt es, bei leisem Gurgeln aufspringen, Liege oder wenigstens das Sonnenlaken schnappen und Rettung auf die Terrasse!

Die fleißigen Gärtner hegen und pflegen die Berieselungsanlage unermüdlich. Immer wieder kommt einer unserer Freunde in seinem grünen Leibchen mit einer großen Rohrzange bewaffnet des Weges. Er kniet an der Hibiskushecke nieder – nein, nicht aus Ehrfurcht vor uns – er macht sich an den schwarzen Schläuchen zu schaffen. Es muss schließlich überprüft werden, ob auch noch alles funktioniert. Gluckert, blubbert und gurgelt es dann, setzt er, ohne den staunenden Urlauber weiter zu beachten, seinen Weg fort. Das gleiche Spielchen findet auch beim Nachbarn statt. Erfahrene Urlauber – wie wir – müssen dann darauf gefasst sein, dass meterhohe Wasserstrahlen aus der Hecke schießen.

Ist das vielleicht ein kleiner Beitrag zur Fitness des Erholung suchenden Gastes? Man weiß es ja auch nicht!

Schatzi ist genial! Das ist keine Neuigkeit! Er hat immer die besten Ideen. So ging vor zwei Jahren – so wie es Ferien leider an sich haben – mal wieder die schönste Zeit des Jahres zu Ende. Zeit, Abschied zu nehmen, Zeit, Koffer zu packen.

In diesem Urlaub hatten wir das Glück, erst am Abend Richtung Heimat zu fliegen. Abholzeit im Las Naranjas: 14.15 Uhr! Gustavo, unser Freund von der Rezeption, hatte es möglich gemacht, dass wir bis zum Schluss in unserem Bungalow bleiben konnten.

Das hieß: Kein Schnellfrühstück im Stehen, sondern ganz gemütlich und ausgiebig den Morgen auf der Urlaubsterrasse genießen. Schatzi ging auch an diesem Tag seiner Lieblingsbeschäftigung „Brötchenkaufen" nach.

Dann aber rückte der Uhrzeiger doch bedenklich weiter, und es ging ans Kofferpacken. Eine scheußliche Aufgabe!

Gegen Mittag war es schon ziemlich warm in unserer Bleibe. Meinen Koffer lege ich immer in Hibbels Zimmer auf ein Bett.

Und diesmal hatte Schatzi eine glorreiche Idee.

Staunend beobachtete ich, wie meine bessere Hälfte seinen Koffer auf die Terrasse trug. Dort stellte er sich eine der Sonnenliegen zurecht und platzierte darauf sein aufgeklapptes Reisegepäck.

Fragend schaute ich ihn an: „Was wird das hier?" Ein triumphierender Blick sagte mehr als tausend Antworten. Schatzi hatte beschlossen, seine sieben Sachen draußen zu packen. So beobachtete ich, wie er Stapel von unbenutzten, frischgewaschenen und -gebügelten Lacoste-Hemden, sauberer Unterwäsche, aber auch seine Lieblingshöschen einpackte. Auch ein großer Haufen Urlaubslektüre wanderte ins Gepäck zurück. Hatten wir doch schon auf der Hinreise Übergepäck gelöhnt, so drohte uns auch auf dem Heimflug derartiges Ungemach.

Das meinte Schatzi doch nicht ernst? Unermüdlich wanderte er ins Haus und zurück zur Terrasse. Auf meine Frage bekam ich nur die Antwort: „Das ist doch eine Superidee!" Und Schatzi ließ sich nicht beirren.

Das meinte er doch wirklich nicht ernst! Der war doch nur bockig!

Und als mein lieber Mann im Haus war, passierte es: Es blubberte und gurgelte im Garten! Direkt neben der Terrasse fuhr eine Sprinklerdüse etwa zehn Zentimeter aus dem Erdreich und eine zwei Meter hohe Fontäne schoss in die Luft! Aber nicht senkrecht, nein, mit leichter Neigung! Gewässert wurde weniger der Rasen, sondern vielmehr die Terrasse. Und da sich die Liege mit Schatzis Koffer genau in diesem Bereich des Sonnenterrains befand, landete der Schwall genau auf Schatzis Sachen. Beregnet wurden Hemdchen, Hosen, Zeitschriften – eben alles, was sich im Koffer befand.

Günther, der die Katastrophe zuerst entdeckt, entfuhr es nur: „Sch…!" Als ich dazu eilte, stand er selbst wie ein begossener Pudel daneben. Mir entfuhr nur: „Und ich sach noch!"

Gemeinsam schöpften wir das Wasser aus dem Gepäckstück. Die gewässerten Zeitschriften blieben nun endgültig am Urlaubsort. Zu zweit bemühten wir uns, die Kleidung so gut wie möglich auszuwringen. Mit allerdings nur überschaubarem Erfolg.

Auch auf dem Rückflug bezahlte Schatzi wieder Übergepäck! Wo er mit seinem Koffer herging, hinterließ er eine feuchte Tropfspur. Was erstaunte Blicke nach sich zog.

Ich glaube, er wird seinen Koffer nie wieder auf der Terrasse packen. Aber eins kann ich sagen: Mit Schatzi kann ich was erleben!

Rubbellose am Frühstückstisch

Ein wunderschöner Tag neigt sich dem Ende entgegen. Herrlich hat er begonnen. Wir haben heute Morgen lange geschlafen oder – besser ausgedrückt – im Bett gelegen. Dabei bin ich schon sehr früh durch ein lautes „Klack-klackklack-klack-klackklack …" geweckt worden.

Nahen die Gartenbobos mit den Müllcontainern? Ich lausche genau. Nein, sie sind es nicht. Das Geräusch der Riesenmüllboxen ist eindeutig ein anderes.

Sind es die Putzfeen, die sich mit ihren Putzwagen nähern? Wird gleich die Tür unseres Bungalows aufgeschlossen, und der gute Geist beginnt mit einem fröhlichen „Hola" seine Reinigungs-Aktivitäten?

Die Putzfrauen haben Karren, auf denen sie Toilettenpapiernachschub, frische Handtücher und Bettwäsche unter lautstarkem Rumpeln spazieren fahren. Auch die Wagen, die ich höre machen einen höllischen Lärm. Aber ich lausche genau. Ist dies das typische Geräusch für dieses Gefährt?

Ein Blick auf die Uhr signalisiert mir Entwarnung: 6.15 Uhr. Nein, um diese Zeit kann ich mich getrost auf die andere Seite legen.

Das „Klack-klackklack-klack…" indes kommt näher, zieht aber an unserem Bungalow vorüber.

Aha, es ist der Kofferwagen. Ja, jetzt kann ich es eindeutig identifizieren. Es ist unwahrscheinlich, dass um diese Zeit schon Gäste ankommen. Also ist der Urlaub für irgendjemanden aus unserer Nachbarschaft zu Ende. Schade!

Wir hatten Glück und nur freundliche und ruhige Miturlauber. Wer weiß, wer danach kommt!

Ich kuschele mich in mein Kissen, zieh mir trotz der Wärme die Decke bis zur Nase und begebe mich wieder in das Reich zwischen Tag und Traum. Nachdem ich tatsächlich wieder eingenickt bin, stehe ich nach gefühlten fünf Minuten senkrecht im Bett.

Ganz nah höre ich das „Katapper-Katapper-Katapper...", eindeutig das Geräusch der Putzwagen. Es kommt, wie es kommen muss! Nein, keine Panik! Die Putzfee steht nicht mit einem freundlichen „Hola" am Fußende. Aber erst raschelt der Schlüssel, dann schellt es.

Schatzi ist mittlerweile auch wach. Er rettet mich oder besser gesagt, uns. In radebrechendem Deutsch-Spanisch bittet er die gute Fee, doch später zu kommen. Kurz darauf zieht Schatzi los und kauft Brötchen. Das kann er wirklich gut.

Die nächsten zwei Stunden verbringen wir am Frühstückstisch. Im Urlaub beginnt jeder Tag für mich mit einem Ritual. Schatzi legt mir täglich ein sogenanntes Rubbellos an den Frühstücksplatz.

Da man so ein Los nicht einfach losrubbeln kann, wird diese Übung zelebriert. Kann doch das Ergebnis dieser Tätigkeit das Leben schlagartig verändern!

So ergibt es sich, dass das Los zuerst zwischen meinen gefalteten Händen andachtsvoll geschüttelt wird. Gleich darauf wird es zuerst über der rechten, anschließend über der linken Schulter gefächert. Dabei muss ich immer sehr in mich gehen. Das heißt, volle Konzentration bei geschlossenen Augen. Als nächstes – zumindest andeutungsweise, und wirklich nur andeutungsweise – wird das Los angespuckt. So etwas soll Glück bringen.

Auch an diesem Morgen finde ich wie gewohnt das Rubbellos an meinem Platz. Sonst hätte ich mir aber auch das Beschwerdebuch geben lassen.

Heute gibt es Kofferbilder aufzurubbeln. Wenn das kein Wink des Schicksals ist, nach meinem frühmorgendlichen Koffergerumpel-Weck-Erlebnis!

Fünf Koffer mit jeweils einer bestimmten Geldsumme sind unter der Rubbel-Schicht verborgen. Es gilt die Koffer sichtbar zu machen. Sollte der eifrige – oder gar der mit verschwörerischen Aktivitäten agierende Spielteilnehmer – drei identische Geldbeträge sichtbar machen, bescherte das Los eben diesen Gewinn.

Als ich zwischendurch eher versehentlich die Augen öffne, fällt mein Blick zufällig auf die Terrasse des Bungalows gegenüber. Ein sehr nettes, älteres Paar wohnt dort. Sie haben einen anderen Lebensrhythmus als wir, gehen etwa mehrmals täglich ausdauernd im Pool schwimmen. Wann sie Frühstücken oder sonstige Mahlzeiten einnehmen, bekommen wir nicht mit.

Aber heute sitzen sie vor ihrem Urlaubsdomizil, als wir frühstücken. Und sie erleben das Rubbellosschauspiel live und in Farbe. Völlig konsterniert verfolgen sie das Geschehen an unserem Tisch. Sehen sie richtig? Werden hier Geister beschworen? Wird hier Papier angespuckt?

Für einen flüchtigen Moment bin ich von meinem Ritual abgelenkt, sorge mich um unsere Nachbarn. Bekommen sie einen Kollaps? Wird gleich der Notarzt gerufen? Für wen im Zweifelsfall? Werden gleich die Nachbarn vom Krankenwagen abgeholt? Oder führt man mich in der weißen Jacke mit den zugeschnürten langen Ärmeln ab?

Aber ehe ich mir darüber noch den Kopf zerbreche, setze ich meine Aktivitäten fort. Und Fortuna meint es gut mit uns. Nach ausgiebigem Schütteln, Fächern und Spucken, rubbele ich drei Mal fünf Euro frei.

„Schatzi, Schatzi! Wir haben gewonnen!" Sollten wir unseren Urlaub verlängern? Oder wie sollten wir unseren Gewinn sonst verprassen? Zuerst einmal freuen wir uns. Die wichtige und folgenschwere Entscheidung vertagen wir vorerst.

Als wir gegen halb eins das Frühstück beenden, kommt Sofia, unsere Putzfee, auf dem Rückweg ihrer Tour zu uns.

Wir kennen Sofia seit vielen Jahren. Da wir immer dieselbe Ecke der Ferienanlage bevorzugen, bleiben wir auch Sofia treu.

Das Outfit der guten Geister hier besteht aus weißem Poloshirt und einem dunkelblauen Unterteil. Ja, ich kann es nur Unterteil nennen, denn es ist weder Rock noch Hose. Auch der Begriff Hosenrock wäre verfehlt. Von hinten betrachtet, ist es eine Hose, von vorne ein Rock.

Da Sofia im Laufe der Jahre das eine oder andere Pfündchen zugelegt hat, sieht das Kleidungsstück zum Piepen aus.

Als sie mit Putzeimer und Besen den Weg zu unserem Bungalow einschlägt, begrüßen wir sie mit einem fröhlichen „Hola, Sofia", und Sofia antwortet: „Hola, alles klar?" „Ja, alles klar!" können wir nur bestätigen.

Nach dem ausgiebigen und wunderschönen Frühstück begebe ich mich mit meiner Urlaubslektüre auf die Sonnenliege und ziehe meine Sonnenkappe bis zur Nase. Nun tauche ich ab, versinke für die nächsten Stunden im Reich meines Lesestoffes.

Sofia ist längst abgezogen, Schatzi hat mir das eine oder andere eisgekühlte Mineralwasser an die Liege gebracht, als wir uns zwecks Beratung bei einer Tasse Kaffee auf der Terrasse treffen.

Wir haben es nicht leicht. Nein, wirklich nicht! Gilt es doch, jeden Tag aufs Neue die Entscheidung zu treffen: „Was essen wir denn heute?"

So vielfältig sind die Möglichkeiten! Wollen wir zuhause speisen? Gibt es Leckeres vom eigenen Herd? Was bieten Kühl- und Gefrierschrank?

Schatzi weiß Rat: „Roty, wir hauen heute den Gewinn auf den Kopf. Wir lassen es heute so richtig krachen. Wir gehen essen!"

Au, ja! Das ist eine gute Idee. Und zur Feier des Tages beschließen wir, mal wieder zu Herrn Pütthoff zu gehen.

So brezeln wir uns am späten Nachmittag so richtig auf. Schatzi tauscht – wenn auch nur schweren Herzens – seine von mir maßgeschneiderten Hosen gegen Jeans. Auch sein Bollershirt wird gegen Lacoste ausgetauscht.

Meine Spielhose mit dem wunderschönen Ringelhemd – Kleidungsstücke, die mich kaum zehn Jahre begleiten – werden gegen weiße Jeans und modische Bluse ausgewechselt.

Wir sehen direkt wieder menschlich aus. Ich kenne Schatzi kaum wieder. Zumal er sich zur Feier des Tages sogar rasiert hat. Ich fass' es nicht. Aber auch Schatzi fasst es nicht und ist geneigt, hinter mir herzupfeifen.

So machen wir zwei uns auf den Weg Richtung Faro Maspalomas zu unserem absoluten Lieblingsrestaurant von Herrn Pütthoff.

Es ist der Weg, den Hibbel und ich noch vor wenigen Tagen nach unserem erlebnisreichen und beeindruckenden Strandspaziergang, dabei fürchterlich leidend, in Gegenrichtung marschiert sind.

Aber wir zwei leiden heute nicht!

Oder vielleicht nur ein ganz kleines bisschen, als uns der Weg an der „Klinik unter Palmen" – in Deutschland würde man von einem Ärztehaus sprechen – vorbei führt.

Vor zwei Jahren musste sich mein armer Schatzi dort einer Zahnbehandlung unterziehen. Und im vergangenen Jahr musste ich mir eine schwere Bronchitis ausgerechnet „im Urlaub nehmen" und die Klinik mit meinem Besuch beehren.

Aber heute sind wir topfit und voller Tatendrang! Und haben Hunger!

In der Ferne sehen wir den Faro, den Leuchtturm von Maspalomas. Direkt geradeaus vor uns steht er. Wenig später ist er ein Stück nach links gerückt. Das kann doch gar nicht sein. Nach unserer Meinung müsste man ihn rechts sehen.

Mittlerweile haben wir uns aber daran gewöhnt. Hier gibt es Geister oder fremde Wesen, die ständig damit beschäftigt sind, Leuchttürme, Hotels usw. zu verrücken. Warum? Man weiß es nicht. Ganz schön verrückt!

Wir lassen uns davon aber weder beirren noch beeindrucken, sondern setzen unseren Weg zielstrebig fort.

Es wäre doch gelacht! Wir möchten schließlich zu Herrn Pütthoff!

So führt der Weg uns am Golfplatz vorbei, und weiter zum Barranco, dem im Sommer ausgetrockneten Flussbett.

Eine Brise weht vom anderen Ufer des Flusses zu uns herüber. Mit ihr erreichen uns wundervolle Odeurs! Kamele, die täglich Ausflugskarawanen durch die Dünenlandschaft führen, haben dort ihre Unterkünfte. Und ich verspreche, das riecht man!

Ein bunt gemischtes Volk kommt uns entgegen. Vom herrlichen Sandstrand, wo man vermutlich den Tag verbracht hat.

Besonders beeindruckend dabei sind Familien – ja, sie treten meistens im Gespann an – von Engländern. Mit Figürchen, da kann man nur staunen. Diese kleinen adipösen Probleme völlig ignorierend, kleiden sich englische Damen sehr gern in superkurze Wickelröcke. Dazu tragen sie, es ist ja schließlich warm, Bikini-Oberteile. Das andere Geschlecht trägt Shorts, natürlich in 7XL, zu freien Oberkörpern. Sie sind ausnahmslos ganzkörper-tätowiert.

Die Allermeisten dazu blasshäutig und rothaarig. Da bleibt der Sonnenbrand nicht aus. Und alle, wirklich alle Engländer sind von der Sonne völlig verbrannt. Ich glaube sehr ernsthaft, die brauchen das! Das ist einfach ihr Urlaub!

Also Schatzi und ich brauchen das nicht! Aber wir brauchen allmählich etwas zu essen.

Nach gut 50 Minuten erreichen wir die Promenade von Maspalomas. Aus Sand gestaltete Kunstwerke, Dinos und Nixen, begrüßen uns am Strand. Unsere Blicke schweifen nach links zu den Dünen. Liege an Liege säumt hier den Strandbereich. Aber dafür haben wir im Moment wenig Sinn. Der Hunger treibt uns weiter.

Direkt an der Promenade – dem Paseo de la Charca – liegen Häuser in sicher allerbester Lage, machen aber eher einen vernachlässigten Eindruck.

Dann teilt sich der Weg an einem Rondell. Ich Dummchen will den „rechten" Pfad wählen, aber Schatzi klärt mich sogleich auf: „Du willst doch nicht ernsthaft dort hergehen? Hier genießt man doch den Blick aufs Meer!" Wie kann ich nur so dumm sein? Artig folge ich Schatzi und gehe links auf der „rechten", man könnte auch sagen richtigen, Seite am Rundbau vorbei.

Wir erreichen den Paseo del Faro und biegen nach nur wenigen Metern an der Casa Paco links direkt zum „El Valero" ab, der Casa Antonio. So heißt unser Restaurant „Herr Pütthoff" wirklich.

Auch hier gibt es einen Anbaggerer, aber bei uns gibt es nichts anzubaggern. Wir wissen, hier sind wir richtig! So werden wir auch sogleich freundlich mit Handschlag begrüßt.

Unser Lieblingsober, der spanische „Herr Pütthoff", kommt uns sofort entgegen. Strahlend schüttelt er uns die Hände: „Wie geht es Ihnen? Alles klar?" „Ja", können wir nur bestätigen, „alles klar!"

Er führt uns zu einem wunderschönen Platz direkt am Fenster, mit herrlichem Blick auf Strand und Meer.

Dort tummeln sich noch einige Urlauber, die die letzten Sonnenstrahlen genießen. Kinder buddeln im Sand, Verliebte liegen knutschend auf ihren Laken.

Auch Schatzi und ich sehen uns glücklich und verliebt an. Schön, dass wir hier sind! In diesem Moment kommt ein Adlatus von Herrn Pütthoff zu unserem Tisch, auf dem Arm eine riesige Platte mit frischem Fisch: „Heute frisch Fisch für dich!" strahlt er uns an. Von der Platte strahlen mich fünf Fische aus ihren toten Glubschaugen so gar nicht an. Zahnbrasse, Zackenbarsch, Goldbrasse und Drachenkopf warten darauf, von uns erwählt zu werden.

Tiere, die mich so tot angucken, mag ich aber nicht essen. Ich bevorzuge Filet! Also schaue ich lieber aus dem Fenster, und Schatzi bedankt sich bei dem erstaunten Ober.

Herr Pütthoff hat die Situation beobachtet und sofort erfasst. Lachend bringt er uns die Karte und klopft mir verständnisvoll auf die Schulter. Wir finden, was unser Herz begehrt und bestellen Knoblauchbrot und danach Knoblauchsuppe. Als Hauptgericht wählen wir Zackenbarsch vom Grill, und Herr Pütthoff, gefragt, ob ich zum Fisch auch kanarische Kartöffelchen bekommen kann, entgegnet in bestem Deutsch schallend lachend: „Sowieso!" Und wir wissen: hier sind richtig!

Kanarische Fischplatte

Bei jedem unserer Kanaren-Urlaube unternehmen wir eine Tour mit dem Leihwagen in die Berge.

Mein lieber Mann sammelt und studiert nicht nur Flyer von Mietwagenfirmen, sondern auch von Attraktionen und Sehenswürdigkeiten der Insel. Tagelang ist er damit beschäftigt zu planen und zu vergleichen. Pläne zu schmieden, dann wieder zu verwerfen, um dann neue zu schmieden.

So erzählte er in einem unserer vergangenen Urlaube nach der Lektüre zahlreicher Reiseführer und Urlaubsmagazine von seinen Überlegungen zu frischen Taten. „Roty, ich habe gelesen, dass es im Norden der Insel einfache Lokale mit unheimlich leckerem Fisch geben soll. Hast du nicht auch mal Lust, dahin zu fahren?" Au, ja! Habe ich! Auf leckeres Essen habe ich eigentlich immer Lust. Und Schatzi auch!

Tagelang hatte meine bessere Hälfte die Straßenkarte von Gran Canaria studiert, um den schönsten Weg zum Norden der Insel zu erkunden. Mir fielen direkt die Wildgänse ein, sollten wir ihnen „...mit schrillem Schrei nach Norden" folgen? Kleiner Scherz am Rande!

So ging es an einem Montag los. Schatzi hatte einen Renault Clio – mit Klimaanlage – gemietet. Über die Autobahn fuhren wir zuerst in westliche Richtung. Auf dem Programm: Besuch des Steigenberger la Canaria! Vor vielen Jahren – Schatzi arbeitete damals noch bei einem großen Radiosender – durfte ich ihn auf eine Pressereise begleiten. Es war sein erster Besuch der Insel, ich war Jahre zuvor bereits mit meiner Familie hier.

Das Steigenberger la Canaria Luxushotel liegt im Südwesten der Insel an der Steilküste von Arguineguin. Herrlich für ein verlängertes Wochenende, aber einen ganzen Urlaub möchte ich hier nicht verbringen.

Weiter ging es nach Puerto Rico, wo unzählige Time-Sharing-Anlagen an den Felsen kleben. Balkon an Balkon, dicht an dicht! Ein Albtraum! Nein, auch hier möchten wir keine Ferien verbringen.

So kamen wir nach einiger Zeit nach Puerto de Mogán, ein wunderschönes Hafenstädtchen. Blauweiße Häuser, überall mit Bougainvilleen überwuchert. Mehrfach waren wir in der Vergangenheit hier, haben die Schönheit des Ortes genossen. Stets, bevor die Ausflugsbusse einfielen.

An diesem Tag aber hatten wir andere Pläne. Wir wollten weiter in den Norden der Insel und hatten noch eine lange Wegstrecke vor uns.

An dieser Stelle hatten wir uns schon einmal verfahren!!!!

Den kürzesten Weg suchend wählten wir eine Straße Richtung Mogán, einem Örtchen etwa 20 Kilometer im Inneren der Insel. Wir ließen das beschauliche Dörfchen hinter uns und setzten den nach unserer Karte kürzesten Weg fort. Straßenschilder und Karte geleiteten uns übereinstimmend auf befestigten Wegen. Dennoch wurde die Straße immer schlechter, bis wir uns schließlich auf einer Schotterpiste befanden. Allmählich wurde uns mulmig.

Wie ging es weiter? Wir waren nicht gerade mit einem Geländewagen unterwegs. Was sollten wir tun? Umkehren? Dann konnten wir unsere heutigen Pläne vergessen, denn dann war der Weg in den Norden nicht mehr zu schaffen. Aber was erwartete uns, wenn wir weiterfuhren? Hörte die Straße bald ganz auf?

In unsere Überlegungen hinein drängten sich plötzlich und unvermutet Töne, mit denen wir nun wirklich nicht gerechnet hätten. Laute, leicht schepperige Lautsprechermusik empfing uns auf einer Lichtung auf dem Gipfel einer Anhöhe. Dort stand – wir trauten unseren Augen nicht – ein Eiswagen.

Eis haben wir dort zwar nicht gegessen – unsere hygienischen Bedenken siegten – aber unsere Überlegungen, ob der Weg weiterführt, waren in diesem Moment verflogen.

So war es dann auch. Die Straße war plötzlich wieder befestigt, und wir konnten getrost unseren Weg fortsetzen. In den Norden der Insel fuhren wir an diesem Tag nicht mehr. Es war zu spät, und wir wählten einen anderen Weg.

Aber zurück zu dem Trip, der uns tatsächlich nach Puerto de Sardina im Nordwesten der Insel führte. Diesmal fuhren wir eine relativ gut ausgebaute Autostraße, die von San Nicolás de Toentino an der Küste vorbeiführte und uns einen wunderschönen Ausblick bescherte.

In Agaete genossen wir bei einer kurzen Rast den Ausblick auf den Hafen und bestaunten die gelb-weißen Fred-Olsen-Ferries, die Fähren, die die anderen kanarischen Inseln ansteuern.

Die Autostraße endete hier, aber es begann eine Autobahn. Nein, darauf verzichteten wir. Zumal sie auch nicht ins Hafenörtchen Puerto de Sardinas führte. Über kleinere, beschauliche Nebenstraßen erreichten wir am frühen Nachmittag unser Ziel.

Mit dem Glück auf unserer Seite fanden wir auch schnell einen Parkplatz und begaben uns auf die Suche nach den urigen Fischlokalen, die der Reiseführer so angepriesen hatte. Aber nichts dergleichen war zu sehen. Der Hunger unterdes wurde immer größer.

Schatzi machte mich auf ein recht neues, modernes Restaurant aufmerksam: „Roty, wollen wir dort versuchen, ob wir etwas zu essen bekommen?" Nun, eine Alternative konnte ich beim allerbesten Willen nicht ausmachen, also stimmte ich zu.

An der Eingangstür warb eine Tafel für ein „Touristen-Menue" zum Preis von zwölf Euro: Spargelcremesuppe,

Schnitzel mit Salzkartoffeln und anschließend Crema-Katalana.

Schatzi war direkt bereit, das Menue zu bestellen. Aber nicht mit mir! Entrüstet erklärte ich meinem lieben Mann, dass ich Fisch essen und deshalb zunächst die Karte ausführlich studieren wollte. Und dabei fiel meine Wahl auf die „DELICOIOSA PESCADO GASTRONÓMICO", nach unserer Übersetzung: Köstliche Feinschmecker-Fischplatte.

Ja, das kam meinen Vorstellungen entgegen. Mein besorgter Mann fragte vorsichtshalber: „Meinst du wirklich?"

Das leckere eiskalte Mineralwasser mit Kohlensäure, also „con gas", zischte, als wir unsere Gläser, die der dienstfertige Ober brachte, wenig später in großen Zügen leerten. Und dann das große Ereignis: Er trug die köstliche Fischplatte an unseren Tisch.

Selbst Schatzi, der bei weitem nicht so pingelig ist wie ich und der mich in der Vergangenheit schon so manches Mal rettete, indem er den servierten Fisch filetierte, wurde flau in der Magengegend.

Auf der Platte lagen, neben einigen kanarischen Kartöffelchen, zwei stachelige Kugeln. Sie sahen uns aus ihren leblosen, leeren Augen an wie gegrillte Igel. Dazu hatten sich eine Reihe wie Fächer aufgereihte Sardinellas gesellt.

Hilflos, aber trotz allem hungrig, schauten wir uns ziemlich betreten an. Ich im klaren Wissen, dass ich uns das Dilemma eingebrockt hatte. Günther wäre mit seinem Touristen-Menue gut bedient gewesen.

So erklärte ich todesmutig: „Da müssen wir jetzt durch!" Noch nie zuvor und auch später nie wieder habe ich mir Essen ohne hinzugucken auf den Teller gelegt. Wenn jemand behauptet, das geht nicht – doch, das geht.

Wir haben das Erlebnis als wichtige Erfahrung verbucht.

Dunas Maspalomas

Herrlicher Sonnenschein! Dazu leichter Wind! Schatzi und ich hatten uns zu einem Spaziergang zur Strandpromenade entschlossen. Sind den Berg hochgekraxelt, der Hibbel schon fast zum Verhängnis geworden wäre.

Nach dem Anstieg die obligatorische Belohnung am Aussichtspunkt, dem Mirador de Golf: das phantastische Panorama über die Scheibchenhäuser der neuen Hotelanlagen, den wunderschön angelegten botanischen Garten, den Jardin Botanico, weiter über den Golfplatz zu den herrlichen Dünen – den Dunas de Maspalomas. Rechts wandert der Blick zum Leuchtturm an der Südspitze, dem Faro, bis zur mondänen Costa Meloneras mit ihren glamourösen Luxushotels und Boutiquen aller bekannten Mode-Labels!

Wir genießen den Ausblick und nutzen die Zeit für eine kleine Verschnaufpause. Toll gemacht hier! Fällt keinem auf, dass man nur die Ohren ab hat. Hier bleibt jeder stehen. Zur Tarnung holen wir auch noch den Fotoapparat heraus.

Danach geht es weiter, und einige Zeit später biegen wir frohen Mutes rechts ab und tippeln gemächlich die Avenida de Tirajana hinunter, können an diesem Nachmittag unseren Spaziergang weitestgehend unbehelligt fortsetzen.

Das war nicht immer so. Es gab Zeiten, da konnte man keine fünf Meter gehen, ohne angesprochen zu werden: „Sprechen sie deutsch?" Die meist jungen Leute ließen sich einiges einfallen, um einen in ein Gespräch zu verwickeln. Eine ganz besonders gelungene Masche war das Verteilen von Gewinnlosen. Unversehens war man auserwählt, nahezu auserkoren, unentgeltlich an einem Gewinnspiel teilzunehmen.

Ganz unverbindlich hat der im Regelfall noch blasse und eh etwas deppert aussehende Urlauber ein Los in der

Hand. Was soll's denn schon, rubbelt er eben das Gewinnfeld frei! Auch der Rubbellosverkäufer kann es kaum fassen: Ein Gewinn! Der Opa hat drei Erdbeeren auf seinem Los. Der Gewinn wartet. Schnell ist ein Taxi herbei gewunken, Opa darf in Begleitung von Oma nach Arguinegin, einem Ort im Südwesten der Insel an der Felsenküste, fahren. Da gibt's eine zweistündige Verkaufsveranstaltung mit dem Zweck, sich zeitliches Wohnrecht an einer Immobilie zu sichern. Das Zauberwort heißt: Timesharing!

Im Klartext: Opa darf zwei, drei oder vier Wochen im Jahr, natürlich nicht zu einem Zeitpunkt seiner Wahl, in seinem anteiligen Appartement Urlaub machen.

Die Traumbehausungen kleben zu Hunderten an den Felsen, Balkon an Balkon, in terrassenförmiger Bauweise. Eine Horrorvorstellung für uns!

Und damit einem das Schnäppchen nicht durch die Finger geht, soll Opa ganz schnell eine Absichtserklärung unterschreiben. Und am liebsten noch schneller einen Teil des „Schnäppchenpreises" anzahlen. Wozu gibt es schließlich Kreditkarten!

Davor, von langbeinigen Holländerinnen oder glutäugigen Französinnen um den Finger gewickelt zu werden, brauchten wir keine Angst mehr zu haben. Die Verkaufsmethoden waren mittlerweile verboten, und die Polizei griff schnell und konsequent ein.

Dennoch kann man auch heute selten unbehelligt des Weges gehen. Überall an den Straßen-Restaurants warten „Anbaggerer", die jeden, aber auch jeden, der des Weges kommt, ansprechen: „Hallo, Amigo, geht's gut? Du Hunger? Du lecker essen bei uns!" Und dabei kleben sie dir an den Fersen. Hattest du wirklich Hunger und warst auf der Suche nach einer deinem Geschmack und deinen Vorlieben entsprechenden Location, konntest du noch nicht einmal die aushängenden oder ausliegenden Speisekarten studieren. Lange hatten wir es mit „ Mañana" probiert, aber nur mit mittelmäßigem Erfolg.

Der Anquatscherei müde, musste eine andere Abwimmel-Masche her. Dank unserer Kreativität fanden wir des Rätsels Lösung. Schatzi verkündete strahlend, aber sehr verbindlich: „Mama kocht!", dabei auf meine Person weisend. Perplexe Gesichter, fassungsloses Staunen, aber wir hatten unsere Ruhe.

Aber nicht an diesem Tag, auf unserem herrlichen Spaziergang zur Promenade. Am Nachmittag blieb man weitgehend unbehelligt. Da vermisst man direkt etwas!

Wir machen einen kleinen Stopp beim Ehepaar Klein, der TV-Auswandererfamilie. Jörg und Fabio, Friseure und Gastwirte, wie immer im gleichen Outfit – heute in rosa Hemdchen mit leicht angekrausten, ganz kurzen Ärmelchen. Dazu knielange weiße Shorts, bedruckt mit rosa Palmen! Einfach allerliebst!

Fabio dekorierte gerade einer nicht mehr ganz taufrischen Kundin die Nägel. Sie trug eine Kurzhaarfrisur in bicolor. Das heißt, das Deckhaar strohblond, der Nacken fast schwarz. Das ist in bestimmten Kreisen derzeit angesagt.

Jörg tänzelte um eine andere weibliche Person ähnlichen Alters und verschönte sie mit einer neuen Frisur. Sie sah so aus, als hätte sie die Finger aus Versehen in eine Steckdose gesteckt! Aber das musste wohl so sein! Jörgs und Fabios Frisuren sahen ja auch nicht anders aus. Schatzi hätte so gerne Rast bei ihnen gemacht, aber ich konnte ihn mit knapper Mühe überzeugen, dass die beiden viel zu beschäftigt waren.

Also ging unser Spaziergang weiter. Links ließen wir das Einkaufszentrum Cita liegen. Schließlich erreichten wir das Riu Palace, das schneeweiße alte Prunkhotel. Und dahinter lag auch unser Ziel, die Promenade.

Herrlich erschienen sie vor uns, die Dunas de Maspalomas. Versonnen gaben wir uns dem wundervollen Anblick hin.

Sanft schwebte der Wind über die Dünen und trug sein Lüftchen über die immer wieder ansteigenden und abfallenden Sandberge. Dabei schien er die feinen Körnchen sanft zu streicheln. Er zauberte dabei ein filigranes Muster in den Sand. Dieses wunderbare Panorama blieb ständig in Bewegung. Von Sekunde zu Sekunde veränderten sich die Bilder, die wie von Zauberhand gemalt über die Dünen zogen.

Über allem schwebte eine feine Sandschicht, die feinste Schatten warf. Dabei wanderten die Schatten wie kleinste Wölkchen über die Oberfläche. Ich gab mich ganz diesem wunderschönen Schauspiel hin.

Unvermittelt riss mich Schatzi aus meinen verträumten Betrachtungen: „Sag mal, merkst du denn gar nichts? Ich hab den Sand mittlerweile überall. Nicht nur in Augen, Mund, Nase und Ohren! Also entweder wir gehen jetzt weiter oder ich kehr sofort um!"

Nun, ich musste schon zugeben, so schön das Schauspiel auch war, der Sand konnte wirklich unangenehm werden. Tapfer setzten wir unseren Promenadengang dennoch fort. Da der Wind die gesamte Zeit von vorn kam, allerdings sehr schweigsam.

Der Wind weht hier meistens von Nordost nach Südwest, der Passat eben. Ich frage mich, warum die Dunas de Maspalomas nicht längst in Südamerika sind.

Wenn wir wieder miteinander reden können, werde ich Schatzi fragen.

Unwetter

Seicht streicht der Passat – oder war's der Scirocco? – man weiß es ja auch nicht – durch die Palmen, wiegt sie sanft. Er streichelt die Büsche, vertrocknete Blätter knistern. Die kleinen gelben Blättchen des Flamboyáns rieseln wie Schneeflocken herab, tanzen im Wind.

Vorwitzig streicht er durch die Tür unseres Schlafzimmers, lässt die Gardine flattern, um uns dann zart zu umwehen und uns ein Frösteln auf die feucht-schwitzige Haut zu zaubern.

Jäh werden meine Gedanken durch einen lauten Knall unterbrochen. Nichts da mit zart Streicheln! Mit einem heftigen Bums hat er die Schlafzimmertür ins Schloss geworfen.

Schatzi und ich stehen senkrecht im Bett. Okay, soeben war der leichte Wind, der häufig weht, eher etwas heftiger. Aber im Allgemeinen genießen wir die erfrischende Wirkung bei der vorherrschenden Hitze.

In heimischen Urlaubskatalogen als Insel des ewigen Frühlings beworben, mit Temperaturen von 18 bis 25 Grad, schwitzen wir hier bei selten unter 38 Grad im Schatten. Aber was soll's, deshalb sind wir schließlich hier.

Zugegeben, eingecremt am Strand ist man ruckzuck paniert wie ein Schnitzel.

Dem dort etwas stärkerem Wind hat die Nachbarinsel Fuerteventura sogar ihren Namen zu verdanken: Starke Winde!

Da fällt mir doch gleich der Urlaub vor einigen Jahren hier in unserem Ferienparadies ein. Wir waren im europäischen November dem heimischen Nebel- und Schmuddelwetter entflohen.

Hier, fern der Heimat, entnahmen wir den Nachrichten, dass Deutschland von einem Schneechaos heimgesucht wurde. Im unserem Wohnort nahen Münsterland gab es zahlreiche Stromausfälle, da unter der Schneelast Strommasten einfach weggeknickt waren. Einzelne Ortschaften blieben tagelang ohne Elektrizität.

So schalteten wir abends den Fernseher ein – der bei uns im Urlaub eigentlich außer Betrieb bleibt – um die Ereignisse zuhause zu verfolgen.

An einem dieser Urlaubsabende waren wir im Yumbo-Shopping-Center essen. Wir hatten mitten im Geschehen ein herrliches Plätzchen direkt an der Brüstung des Restaurants mit Blick auf die unteren Etagen mit den Open-Air-Geschäften.

Auch an diesem Abend erfrischte uns eine leichte Brise und machte die Temperaturen erträglich. Doch mit einem Mal rauschte ein stärkerer Windzug durch das Einkaufszentrum.

Und, sah ich richtig, schnappte sich doch tatsächlich eins der wunderschönen Flamencokleidchen und trug es ein Stück durch die Luft, bevor es einer der indischen Verkäufer einfangen konnte. Mittlerweile gesellte der Wind einen Strohhut dazu.

Und dann briste es richtig auf. Die Verkäufer sicherten in Windeseile – im echten Sinne des Wortes – mit Planen ihre Ware und brachten sie in Sicherheit.

Auch die Ober unseres Lokals zogen Riesenrollos als Trennwände herunter und sicherten sie mit schweren Ketten.

Auf dem Heimweg beobachteten wir die Feuerwehr, die am Mirador Campo de Golf, dem Aussichtspunkt am Gipfel des Berges, an dem man so schön verschnaufen kann, die Terrassenmöbel des kleinen Bistros anketteten.

Nach unserem kleinen Spaziergang zurück zum Las Naranjas schalteten wir den Fernseher ein. Wir wollten uns über das Schneechaos zuhause informieren.

Daraus wurde aber nichts. Bei allem Zappen fanden wir keinen deutschen Sender. Nur Schnee! Aber was sahen wir bei den spanischen Programmen? Deuteten wir die Bilder richtig: Unwetter über den Kanaren!

Die spanischen Nachrichten zeigten Bilder von Teneriffa: Plakatwände wirbelten durch die Luft, Schiffe tanzten wie Bälle auf dem Wasser, Menschen konnten sich kaum auf den Beinen halten, wurden fast weggepustet.

Auch von Gran Canaria Schreckensmeldungen mit ebensolchen Bildern.

Ja, darf das denn wahr sein? Und wir mittendrin. Die besorgte Familie, die zuhause von den Unwettern auf den Kanaren mitbekommen hatte, konnten wir beim Anruf am nächsten Tag beruhigen. Nein, bei uns war alles in Ordnung. Wir hatten so gut wie nichts mitbekommen. Nur die Satellitenschüssel der Ferienanlage hatte – zumindest ihren deutschen – Dienst quittiert. Zuhause hatte sich das Schneechaos inzwischen auch gelegt.

Lauf der Sonne

Die kanarische Sonne meint es ernst, sehr ernst sogar. Sie hat enorme Kraft, und deshalb sind wir auch sehr vorsichtig. Der Platz im Halbschatten unter dem herrlichen Natursonnenschirm, dem Flamboyán, der sein Blätterdach über unserer Wiese ausgebreitet hat, ist einfach wunderschön.

In der Vergangenheit, als wir auch schon mal im Frühjahr hier waren und der Baum jahreszeitbedingt nicht genügend Schatten spendete, habe ich so manches Mal aus Wäscheleinen und Tüchern einen Sonnenschutz geschaffen. Sehr zur Begeisterung der Putzfeen unserer Anlage!

Schatzi ist ohnehin im Schatten der überdachten Terrasse der glücklichste Mensch. Und sollte es mir auf der Wiese doch zu sonnig sein, gesellte ich mich einfach zu ihm.

Manchmal stelle ich mir die Liege aber auch halb in die Sonne und zwar so, dass ich mich nach ihrem Lauf einige Zeit später im Schatten befinde.

Vor vielen Jahren, damals bevorzugten wir noch andere Formen des Urlaubs – hatte ich bereits erwähnt, dass wir Vielreiser sind? – hatte es uns nach Kenia verschlagen.

Beim Hinflug hatte der Kapitän unseres Fliegers in 10 000 Metern Höhe beim Überflug des Äquators scherzhaft auf die rote Linie des besonderen Breitengrads aufmerksam gemacht. Das Kabinenpersonal schenkte zu diesem Ereignis Champagner aus.

Wir wohnten in einem Superluxushotel, fünf Sterne mit Zusatzstern. Die Kaffeetasse sowie das Kuchenstück vom nachmittäglichen Buffet trugen Boys an den Tisch. Jeden Abend gab es ein Sieben-Gang-Menue, wir wurden kulinarisch verwöhnt wie nie.

Die dunkelhäutigen Bediensteten pflückten in dem traumhaften Garten immer wieder Blumensträuße, die sie uns an die Liege stellten. Die unheimlich liebenswerten Menschen lasen uns jeden Wunsch von den Lippen ab.

Im weitläufigen Park des Hotels standen hohe Kokospalmen, die schwer an ihren Früchten trugen. Die schwarzen Gärtner kletterten in Windeseile – in einer besonderen Technik, bei der sie einen Fuß hinter und einen vor den Baum legten – zu den Kokosnüssen. Frisch gepflückt wurden sie mit machetenähnlichen Messern aufgeschlagen. Geschickt schnitzten sie aus der Schale Löffel. Strahlend reichten sie uns die Nüsse mit der köstlichen Milch. Zum Auslöffeln der Nuss das passende Naturbesteck dazu. So frisch vom Baum genossen, einfach grandios!

Der Kalender zeigte Juli an. In Kenia war es Winter mit nur 25 Grad. Dennoch waren wir auch hier sehr vorsichtig mit der Sonne.

Am ersten Tag richtete ich mir die Liege so unter einer Palme aus, dass ich mich nach einiger Zeit in ihrem Schatten befände. Was aber geschah, überraschte und irritierte mich vollkommen. Eben noch im Halbschatten, befand ich mich kurze Zeit später vollkommen in der prallen Sonne. Wie das?

Hatte ich getrunken? Hatte ich irgendetwas genommen, was mir die Sinne verwirrte? Hatte ich mich versehentlich zu lange in der Sonne aufgehalten?

Ich analysierte die Situation genau. Nein, ich täuschte mich nicht: Die Sonne wanderte von rechts nach links.

Vorsichtig fragte ich meinen lieben Mann: „Schatzi, wie wandert die Sonne?" Kopfschüttelnd antwortete meine bessere Hälfte: „Dummchen, das haben wir doch in der Schule gelernt: Im Osten geht die Sonne auf, im Süden hält sie Mittagslauf, im Westen will sie untergehen, im Norden ist sie nie zu sehen. Also, was für eine blöde Frage!"

Immerhin brachte ich ihn dazu, gemeinsam mit mir den weiteren Verlauf der Sonne zu überprüfen. Und tatsächlich: Die Sonne lief hier verkehrt herum.

Mit einem Mal wurde uns bewusst: Unterhalb des Äquators betrachten wir die Sonne von der Südhalbkugel der Erde. Die Sonne ging auch hier im Osten auf, nur war der von uns betrachtet rechts. Mittags stand sie im Norden, ging links unter und im Süden war sie nie zu sehen.

So haben wir zwei durch angewandte Astronomie in diesem Urlaub unseren Horizont gewaltig erweitert.

Katzenbesuch

„Miau!" Ein zartes Stimmchen erreicht mich zwischen Tag und Traum. In allen Anlagen, die wir auf Gran Canaria kennen, gibt es Katzen. Ich glaube, das wird gute Gründe haben. Diese anmutigen Tiere werden uns nicht so beliebtes Kleingetier vom Hals, das heißt, vom Bungalow halten.

Genüsslich räkele ich mich in meinem Bett, freue mich, dass ich auf unserer Lieblingsinsel bin und auf einen wunderschönen Tag.

„Miau!" höre ich wieder das zarte Stimmchen, und plötzlich wird mir bewusst: ganz nah höre ich dieses Stimmchen! Wie elektrisiert sitze ich zuerst senkrecht im, und springe in derselben Sekunde aus dem Bett. Vor unserem Schafzimmer befindet sich ein Innenhof, ein Atrium. Da auch nachts noch 25 Grad herrschen, schließen wir die Blendläden nicht. Der Situation schlagartig bewusst schieße ich wie von der Tarantel gestochen zur Schlafzimmertür, um mit detektivischem Gespür den Miauzer zu entlarven.

Aber niemand, kein noch so kleines Kätzchen befindet sich in unserem Innenhof. Eine schreckliche Ahnung befällt mich. Jenes Miauen war eindeutig sehr, die Betonung liegt auf sehr, nah. Ich rase ins andere Schlafzimmer, also in Hibbels Zimmer: nichts. Die Panik treibt mich ins Wohnzimmer. Und da, ich traue meinen Augen nicht, liegt ein schwarzer Stubentiger unter dem Tisch. Diesem Problem nicht mehr allein gewachsen brülle ich durch den Bungalow: „Schatzi, hier drin ist 'ne Katze, schnell...". Ein schlaftrunkenes: „He?" dringt aus dem Schlafzimmer. In Windeseile öffne ich sowohl die innere Wohnzimmertür, als auch die Blendläden, um das liebe Tierchen wieder nach draußen zu lassen. Aber da gibt Schatzi Entwarnung. Das liebe Tier hat unsere Behausung auf demselben Weg verlassen, auf dem es, ich weiß nicht wann, in der Nacht oder am Morgen, gekommen ist. Nämlich durchs Schlafzimmer!

Dazu muss man wissen, dass ich nicht besonders panisch bin. Und ich weiß aus einigen früheren Inselbesuchen, dass dieser Landstrich ein Dorado für Streuner aller Art ist. Vor allem auch vierbeinige...

In der von uns auch sehr geschätzten Ferienanlage „Happy Sun" gab es ebenfalls Katzen. Dort war deren Dasein jedoch anders organisiert. In allen Bungalows lagen Informationsmappen, in denen ausdrücklich darauf hingewiesen und darum gebeten wurde, die Stubentiger nicht ins Haus zu lassen oder sie zu füttern. Stattdessen waren an verschiedenen Stellen in dem herrlichen, parkähnlichen Garten Futterstellen eingerichtet. Eine Gruppe Tierschützer kümmerten sich um sie, sorgte auch für medizinische Versorgung und war dankbar für Futter- und Geldspenden. In dieser Informationsmappe warnte man auch dringend davor, diese Samtpfoten zu streicheln, da sie eben keine Hauskatzen, sondern freilebende waren. Als solche konnten sie schon mal laut fauchen und gefährlich kratzen. Und dann gab es noch eine für mich ziemlich entscheidende Information: diese possierlichen Tiere hatten in der Regel Flöhe. Die wollten wir nicht unbedingt in unserer Ferienbehausung haben.

Im Las Naranjas sieht man diese Dinge lockerer. Informationsmappen? Fehlanzeige. Da es aber auch keine Futterstellen gibt, ist es dann auch gut und verständlich, dass einige Feriengäste und auch Residenten die Tiere mit Nahrung versorgen. Und auch gerne mit in die Häuser nehmen. Also die Residenten tun das nicht, so blöd sind die auch wieder nicht, aber einige Gäste. Und daran gewöhnt sich mancher Vierbeiner eben...

Die Moselaner

Bei einem unserer letzten Urlaube hatten wir sehr nette Nachbarn, mit denen wir auch gern einmal plauderten. Oder die uns, wenn wir zur „Unzeit" um 13 Uhr noch am Frühstückstisch saßen, schon mal zur Rede stellten: „Sie frühstücken ja immer noch!"

Die lockten die Matchbox-Tiger nicht in ihre Behausung, aber fütterten sie regelmäßig. Und eines guten Tages war an unserem Bungalow die Hölle los.

Diese netten Leute – mit Unterstützung mehrerer Damen, die ich in unserer Anlage schon mehrere Male gesehen hatte – jagten eine dieser getigerten Katzen durch die umliegenden Gärten. Also, ich hole mir die Tiere zwar nicht ins Haus, ich füttere sie auch nicht. Sie sollen meiner Meinung nach Mäuse fangen. Aber dass ein halbes Dutzend erwachsener Menschen ein verängstigtes Tier jagen, das geht dann doch zu weit.

Die Mietze, wohl wissend, dass wir sie nicht gefüttert, nein, eher verscheucht haben, flüchtete sich in unseren Garten. Gefolgt von der sich gegenseitig anfeuernden Horde: „Da, von der Seite!", „Ich von hier!" Nein, wie hatten wir uns in unseren Nachbarn geirrt, wie hatte uns unsere Menschenkenntnis ein Schnippchen geschlagen!

Die arme Pussi! Offensichtlich und verständlicherweise sah Schatzi das genauso. Ein Blick zu ihm genügte, sein Gesichtsausdruck verärgert und entsetzt. Und, sah ich das richtig? Pumpte er mit leicht angewinkelten Armen, um das Spiel gleich mit einem Donnerwetter zu beenden? Gerade in diesem Moment hatte eine der Verfolgerinnen, eine leicht alternativ wirkende Frau mit wie mit dem Pisspott geschnittenen grauen Haaren das arme Tier gepackt.

Eine andere Rothaarig im Schlabberrock kam auf mich und Schatzi zu. Noch ehe wir ihr ein paar passende Takte sagen konnten, erklärte sie: „Wir gehören zur Katzen-Schutz-Gemeinde der Insel. Unser dringendes Anliegen ist es, dass die Tiere ärztlich betreut werden. Dieses Jungtier", erklärte sie weiter „ist noch nicht kastriert. Wir bringen es jetzt zu unserem Vertragsarzt, der uns immer einen Sonderpreis macht." Nun, das Anliegen war verständlich und ehrenhaft. Aber, dass der arme Kater getürmt war, konnten Schatzi und ich da noch besser verstehen.

Zwei Tage später sahen wir das arme Tier wieder. Ziemlich kleinlaut, mit eingezogenem Schwanz, schlich es um den Bungalow unserer netten Nachbarn. Sie waren dann wirklich sehr fürsorglich und nett zu dem Tier und verwöhnten es mit leckerem Futter. Vielleicht hat der arme Kater ihnen verziehen.

Abschied

Der vorletzte Urlaubstag. Wir haben für den Abend einen Tisch bestellt. Wo, ist ganz klar. Nahe beim Faro, dem Leuchtturm, bei unserem Lieblings-Spanier „Herrn Pütthoff", Restaurant Velero. Rechtzeitig haben wir uns auf den Weg gemacht, bummeln gemütlich Richtung Costa Meloneras. Vorbei an der Klinik unter Palmen, die wir leider schon kennenlernen mussten, vorbei an unserem früheren Domizil „Diamond Golf".

Freude und Trauer mischen sich heute. Freude, weil wir gleich in unserem Lieblingslokal die leckere, und hier ist sie mir sicher, Knoblauchsuppe essen werden. Danach gibt es den Riesenzackenbarsch, dazu die kanarischen Kartöffelchen, zumindest für mich. Traurig, weil es heute unser letzter Abend dieses Urlaubs in unserem Paradies ist, aber wir kommen nächstes Jahr ganz bestimmt wieder.

Wir möchten noch ins Einkaufszentrum „Varadero", ein bisschen an den Schaufenstern der schicken Geschäfte bummeln. Pflichtprogramm ist der Besuch der „Fundgrube" – der Name klingt wie Resterampe, aber das scheint denen noch keiner gesagt zu haben. Wir wollen dort ein Parfüm für mich erwerben.

Danach geht es via Paseo del Faro an allen Anbaggerern vorbei. Bei „Herrn Pütthoff" werden wir lautstark und herzlich vom Chef begrüßt. „Ha, wie geht's Familie, hohoho!" reicht er mir seine Pranke und klopft Schatzi ebenso kräftig wie jovial auf die Schulter, „he, Güüünnthhher!" Wir gehen zu unserem Lieblingstisch in der Ecke am Fenster, mit dem tollen Ausblick zum einen auf die Menschen im Lokal, zum anderen aufs Meer und den Sonnenuntergang.

Nach unserem Lecker-Essen – den Verabschiedungsball halten wir ziemlich flach – lassen wir uns nicht anmerken, dass wir uns erst im nächsten Jahr wiedersehen – geht es dann wirklich traurig mit dem Taxi zurück zum Las Naranjas.

Schatzi hat die Koffer schon am Nachmittag in Hibbels Zimmer auf die Betten gelegt. Unsere Sachen sind für die Heimreise schnell verstaut. Den Abend genießen wir für lange Zeit zum letzten Mal auf der urlaubsheimischen Terrasse.

Am nächsten Morgen – nach dem vorläufig letzten Lecker-Frühstück auf der Terrasse bei 29 Grad im Schatten – räumen wir noch schnell unsere letzten Sachen zusammen. Schatzi verkündet stolz wie Oskar: „Du, guck mal Roty, die Lacoste-Hemden habe ich alle nicht gebraucht!" Nein, er hatte ja auch sein Lieblingshemd mit den Delphinen. Und auch ein ganzer Stapel unbenutzter T-Shirts, Sonnentops und Hosen wandert wieder in meinen Koffer. Ich hatte ja schließlich meine Lieblingsspielhose und mein unvermeidliches gestreiftes Sonnentop. All diese ungetragenen Sachen wandern für den Rückflug wieder in den auch bei der Heimreise 23 Kilo schweren Koffer.

Nachtrag

Ähnlichkeiten mit Personen, die man zu kennen glaubt, sind weder beabsichtigt noch zufällig, sondern unvermeidbar.

Dank an alle, die freiwillig oder unfreiwillig Haupt- oder Nebendarsteller dieses Buches wurden.

Besonderer Dank gilt meinem Mann Helmuth, der mich nicht immer freiwillig inspirierte. Er ermunterte mich aber stets, dieses Buch zu schreiben.

Auch bei unserer Freundin Silke möchte ich mich bedanken, die mich maßgeblich bei den finalen Arbeiten unterstützte.

Über die Autorin

Gertrud Löhr – von der Gathen wurde im Ruhrgebiet der 1950er Jahre geboren, wo sie auch aufwuchs. Nach dem Studium in Münster kehrte sie als Dipl.-Sozialpädagogin in ihre Heimatstadt zurück. Sie arbeitet jetzt seit 20 Jahren in der sozialpädagogischen Familienhilfe eines katholischen Wohlfahrtsverbandes.